江戸美人捕物帳　入舟長屋のおみわ　紅葉の家

一

本所相生町《ほんじょあいおいちょう》の大通りを竪川《たてかわ》に沿って歩いて行くと、ひと際賑わった店がある。十七間《けん》（一間＝約一・八メートル）ある間口には、鈴と「寿」の文字を組み合わせた印を白く染め抜いた、品のある緑の暖簾《のれん》がかかっている。それを割って出入りするお客は日々、何百人という数だ。

扱うのは小間物で、特に人気の高いのは鼈甲櫛《べっこうぐし》や玉簪《たまかんざし》。それを求める娘さんたちが数多く訪れ、店先に華やぎを添えている。軒の上では、数十年前この地に移ったときに掲げられた看板が通りを見下ろしており、誇らしげな金文字で「寿々屋《すずや》」と大書されていた。

お美羽《みわ》は、その寿々屋の奥座敷に父の欽兵衛《きんべえ》と並び、畏まって座っていた。対座

している のは寿々屋の主、宇吉郎《うきちろう》。欽兵衛が大家を務める入舟《いりふね》長屋の家主である。今年五十六歳で髪はすっかり白くなっているが、体も頭も衰えはまったく見せていない。今も欽兵衛が差し出した月毎の帳面を、一枚一枚丁寧にめくって検《あらた》めていた。

欽兵衛は、緊張した面持ちでその様子をじっと窺《うかが》っている。

終《しま》いまで見終わった宇吉郎は、表情を和ませ、帳面を膝の前に置いた。

「いつもながら、きちんとお仕事をなさってますね。有難いことです」

「ああ、いえ、恐れ入ります」

欽兵衛は、ほっと肩の力を抜いて言った。毎月のことなのに、宇吉郎が帳面を検めるときはどうしても肩に力が入ってしまうようだ。

「店賃《たなちん》につきましては、やはりいつもの方々が溜めておられますな」

宇吉郎は、軽く笑いながら言った。欽兵衛は、恐縮気味に頭を掻《か》く。

「折々に催促はしているのですが……」

聞いていたお美羽は、ぷっと吹き出しそうになった。催促と言っても、お人好しの欽兵衛はなかなか厳しい言い方ができない。代わって取り立てに精を出しているのは、お美羽なのだった。欽兵衛に任せていては、すぐに丸め込まれたり必要以上に同情したりして、店賃が穴だらけになってしまう。

「いえいえ、まずどこの長屋もこんなものでしょう。お美羽さんに頑張っていただいているのは、承知しておりますよ」

宇吉郎はお美羽に微笑みを向けた。思わず赤面する。

「いえ、まあ、頑張らせてはいただいていますけど」

実のところ、頑張り過ぎるのはよろしくない。お美羽は道行く人が一度は振り返るほどの美人なのだが、父親と違って気が強く、障子を蹴破ってでも店賃を取り立てると噂されているのだ。あながち間違ってはいないので、まとまりかけた縁談が壊れたのも二度や三度ではなかった。

「まあまあ、無理はなさらずにやってください」

宇吉郎は笑みを浮かべたままで言う。それは、無理な取り立てはするなということか、無理にしとやかな振りをするのはやめとけということなのか、どっちだろう。

「ところで旦那様、先日、新たに家を買われたと聞きましたが」

お美羽に話が振られて余計なことを言わないかと、欽兵衛は気遣ったようだ。話の向きを変えた。

「はいはい、買いました。柳島《やなぎしま》の方です。小さな家ですがね」

柳島は本所のずっと東、横川を越えてしばらく行った、江戸の外れだ。別段、寿々屋に縁のある土地ではない。

「何にお使いになるので」

貸家にするには、ちょっと離れ過ぎた場所だ。この話を聞いたときには、お美羽も首を傾げた。

「さて、これといった当てはないのですが、隠居所にでもしようかと」

「え、隠居所ですか」

欽兵衛が目を丸くした。まだまだ勢い盛んな宇吉郎から、隠居などという言葉が出ようとは思わなかったのだろう。それはお美羽も同じだった。

「隠居なんて。まだまだ遠いお話でございましょうに」

お美羽が言うと、宇吉郎は手を振って愉快そうに笑った。

「いやいや、五十六と言えば結構な年ですよ。とは言え、今すぐにでも隠居しようという話でもありませんので」

宇吉郎が言うには、小梅《こうめ》の寮へ出向いた帰り、少し遠回りして歩いてみたとき、ふと目に留まったのだそうだ。

「前栽《せんざい》がなかなか綺麗に整っていましてね。中に枝ぶりのいい紅葉《もみじ》がありまして。家の敷地は四十坪ほどの小ぶりなものですが、縁先に座って紅葉を楽しむという姿が目に浮かびましてねえ。それはきっと、風流なものだろうと」

「それで、すぐに決めてお買いになったのですか」

はい、と宇吉郎が何でもないことのように頷く。

「近所で聞いてみますと、住んでいた方が亡くなって、売りに出ているそうで。これは何かの巡り合わせかもと思い、すぐに売主のお方を聞いてお訪ねしました」

江戸の外れであっても、四十坪の家を即決で買うとは、さすが江戸でも指折りの大店《おおだな》の旦那さんだ、とお美羽は驚いた。

「何でも、さる大店の番頭さんだった人が隠居暮らしをなすっていた家だそうで。隠居所に良さそうだと思ったのは、間違いなかったわけです」

「あの、それで……」

つい、幾らでしたかと聞きそうになった。欽兵衛が気付き、「これっ」と窘《たしな》める。慌てて居住まいを正すと、宇吉郎がまた笑った。

「ははっ、構いませんよ。七十両です。いい買い物でした」

太っ腹だなあ、とお美羽は感心する。家の値段というのはよくわからないが、この辺りならその四、五倍はするだろう。いい買い物と宇吉郎が言うなら、七十両は安いのかもしれない。

「では、当分の間はお使いにならないんですか」

勿体ないなという風に欽兵衛が聞いた。宇吉郎としては、差し支えないようだ。

「小梅の寮は少々大き過ぎますからな。ふと落ち着きたい気分になったときは、一人で使ってみようかと。庵《いおり》のようなもの、というところでしょうか」

庵ねえ、とお美羽は胸の内で嘆息した。そういうのがお金持ちの風流趣味なんだろうか。頭の中でざっと勘定してみる。店賃集めと勘定はほとんどお美羽がやっているので、頭の中の算盤は早い。七十両というと……入舟長屋二十四軒の店賃の、ほぼ二年分だ。風流って、お金を惜しんじゃいけないのねえ。

「まあ、倅《せがれ》ももうじき三十ですし、隠居についてはその庵で気を落ち着かせて、ゆっくり考えてまいりますよ」

ですので、当分の間はこの爺さんをよろしくお願いしますよ、と宇吉郎は冗談めかして言った。

二ツ目之橋を渡って北森下町《きたもりしたちょう》へ帰る道で、お美羽は欽兵衛と、宇吉郎の隠居のことをずっと話していた。

「いやあ、隠居所と聞いたときはびっくりしたが、まだ当分その気はなさそうだね」

「そうね。倅の宇多之助《うたのすけ》さんだっけ、あっちのお店はどうなのかな」

跡継ぎの宇多之助は、日本橋通りに近い南紺屋町《みなみこんやちょう》の支店を任され、女房子供と一緒にそちらに住んでいた。宇吉郎が隠居すれば、本店に戻って全部を引き継ぐことになっている。

「まあ、そこそこうまくやっているそうだよ。でも旦那さんとしちゃ、まだまだ物足りないと思ってるのかもしれん。温厚そうに見えて鋭いところのある人だからねえ」

宇吉郎は八代目だが、大奥御用達を取り付けて店をひと回り大きくしたやり手だった。それだけに、倅を見る目も世間よりは厳しいのかもしれない。

「しかし、隠居するなら小梅の寮だとばかり思ってたんだが」

「あそこは立派過ぎるんじゃないの？　本店《ほんみせ》と大きく変わらないような広さのところに、下働きの人が二人くらいでしょ。お年寄りがずっと住むには、寂しいわよ」

それもそうだな、と欽兵衛が言う。

「どこかの大店の番頭さんが隠居してた家、という話だったね。番頭さんの隠居所に大店の主《あるじ》だった人が住むってのは、どうなのかねえ」

格が違うのでは、と欽兵衛は思ったようだが、そんなの気にしないでしょ、とお美羽は言った。

「と言うより、番頭さんが四十坪の隠居所を持ってたって方がすごいでしょ。よっぽどの大店に奉公してたのか、しっかりと貯め込んでいたのか。いや、奉公先からご褒美にもらったのかな。お店にとって、その功計り知れず、なんてことで」

「これこれ、勝手に他人様《ひとさま》のことを詮索するんじゃないよ」

欽兵衛が眉間《みけん》に皺《しわ》を寄せたところで、入舟長屋の木戸に着いた。井戸端にいたおかみさんたちが、気付いて挨拶する。

「あ、大家さんにお美羽さん、お帰りなさい」

はいはい、ただいまと欽兵衛が機嫌よく挨拶を返す。

「みんな精が出るねえ。今日は天気もいいし……」

言いかけると、一軒の障子が開いて、無精髭の男が出て来た。左官職人の菊造《きくぞう》だ。

菊造は欽兵衛と目が合うと、照れたような笑いを浮かべた。

「こりゃあ大家さん、お出かけでしたかい」

「ああ、ちょっと寿々屋さんに月毎の……」

言いかける欽兵衛を押しのけるようにして、お美羽は前に出た。腰に手を当て、菊造を睨《にら》みつける。

「ちょっと菊造さん、お天道様はとっくに空のてっぺんまで行ってるわよ。あんた、今日も仕事に出ないつもり？」

「あ、いや、仕事しないつもりじゃなくって……」

菊造は慌てた仕草で、お美羽を止めるように両手を突き出した。

「仕事の方が俺を呼んでくれねえんだ。こっちはやる気があるのに、向こうが要らねえってんじゃしょうがねえ」

「何馬鹿なこと言ってんの！　仕事がもらえないのは、あんたが手抜きばっかするからでしょ。やる気があるんなら、親方の脚にしがみついてでも、仕事させてもらいなさいッ」

「親方の脚にしがみついたりしたら、そのまま大川に蹴り込まれそうだ」

「とにかく店賃さっさと払わないと、仏の顔も三度って諺《ことわざ》があるんだからね」

「いや、三度って、お美羽さんが仏の顔をしたとこ、一度も見てねえんだが」

何ぃ、とお美羽が肩を怒らせると、菊造はぱっと家の中に逃げ込んだ。おかみさんたちが、またいつもの通りやってると大笑いし、欽兵衛は溜息をついて首を振った。

「ほんとにしょうがないんだから。お父っつぁんも溜息ついてないで、少しは言ってやってよ」

矛先が自分に向いたので、欽兵衛は困ったように眉を下げる。

「言うべき時には、ちゃんと言ってるよ。それよりお美羽、年頃の娘が人前であんな風に嚙みつくなんて……」

何を今さら、と今度はお美羽が溜息をつく。

「はいはい、もうわかったから。店賃さえちゃんともらえれば、私だって普通におしとやかにできるのよ」

そういう話じゃ、と欽兵衛はさらに言いかけたが、後ろで戸が開く気配がしたので、お美羽は振り返った。ちょうど菊造の向かい側に住む万太郎《まんたろう》が、外を窺うように顔を覗かせたところだった。

「あれっ、万太郎さん。あんたも仕事に行ってなかったの」

お美羽に見つかった万太郎は、慌てて顔を引っ込めた。が、戸を閉める前にお美羽に押さえられた。

「こんないい天気に何をして……あっ、その様子じゃ、昨夜《ゆうべ》飲み過ぎたね」

万太郎は下駄や草鞋《わらじ》を売り歩く棒手振《ぼてふ》りである。二十六になるがまだ独り身で、それと言うのも稼ぎが良くないからだ。酒が弱いのに飲むのは好きで、つい誘われて深酒をすると翌日は使い物にならない。半分呆けたような顔からすると、今日はどうもそんな日のようだ。

「いや面目ねえ。ちょいと二、三杯のつもりだったんだが」

「毎度そんなこと言ってるじゃない。外に出ないんなら、草鞋を作るくらいやったらどう」

お美羽は藁屑《わらくず》の散らばった土間を指して言った。隅っこに、作りかけの草鞋が十足ほども重ねられている。

「いやその、気分が悪いままじゃいいものはできねえ。もうちっと、落ち着いてからな」

何を一端《いっぱし》の職人みたいなことを、とお美羽は畳みかける。万太郎の草鞋は、素面《しらふ》できちんと作っても、出来具合は中の下、というところだった。下駄は林町《はやしちょう》の下駄屋で仕入れているが、売れ具合はもう一つなので、仕入れを渋られることもある始末だった。

「家でとぐろ巻いてても一文にもならないわよ。店賃、四月《よつき》溜めてるのを忘れないでね」

「わ、わかってるさ。ちゃんとするから」

お美羽に迫られた万太郎は、萎《しお》れて座り込んだ。菊造ほど面の皮は厚くないので、責められると弱いのだ。背を丸めてしまった万太郎を見て、ちょっと可哀相になったお美羽は、「とにかく、ちゃんとしてね」とだけ言い置いて外に出た。

欽兵衛はもう家に入ったらしく、姿が見えない。井戸端にいたおかみさんの一人が、声をかけてきた。細工物職人栄吉《えいきち》の女房、お喜代《きよ》だ。

「万太郎さん、昨夜遅くに帰って来て、起き出したのは朝四ツ（午前十時）だったよ。こうなるのはわかってるんだから、飲まなきゃいいのにねえ」

「誘われると断れないんだから。誰か見張って、ちゃんと言ってやればいいんだけど」

所帯でも持てば、と言いかけたが、そのまま自分に跳ね返りそうなのでやめた。お喜代が察したように、お美羽の顔を見て笑った。

家に帰ると、すぐ七輪に火を起こした。昼餉《ひるげ》は干物を焼くつもりだ。寿々屋への用事を済ませ、一仕事終えたとばかりに寛《くつろ》いでいる欽兵衛が、そう言えばそろそろサンマの季節だねえ、などと呑気に言う。

「そうねえ。あと何日かしたら、売りに来るんじゃないの」

夏の終りから秋口にかけて、関東の海にサンマがやって来る。秋も深まる頃にはたっぷり脂が乗り、漁師が振った塩が魚河岸に届く頃には程良く馴染んで、実に旨い。欽兵衛は早くも、口に生唾が出て来そうな具合に目を細めている。

「季節ごとの景色と味を楽しみながら隠居暮らしができたら、人生言うことはないんだがねえ」

宇吉郎の話を思い出してか、欽兵衛はお美羽に含みのありそうな視線を寄越した。早くいい婿を迎えて楽隠居させておくれ、とでも言いたいんだろう。そう思ったお美羽は、知らぬ顔を決め込み、ぱたぱたと大きく音を立てて七輪を扇《あお》いだ。

二

数日経って、お美羽は再び寿々屋宇吉郎のもとを訪れた。欽兵衛が古い合戦物の黄表紙を手に入れ、宇吉郎が好みそうだと思ったので、お美羽に買い物のついでに寄ってお渡しするよう頼んだのだ。お美羽は手代の壮助《そうすけ》に預けて帰るつもりだったが、せっかく来たのだからと宇吉郎に奥へ呼ばれ、今は二人で対座していた。

「ああ、これは。源平の合戦ですな。『保元物語』を下敷きにしたもののようだ。珍品かもしれません」

宇吉郎は本を取り上げ、目尻を下げた。

「わざわざ済みませんでしたなあ。欽兵衛さんに、よろしく伝えて下さい」

はい、恐れ入りますと頭を下げ、引き取ろうとしたのだが、宇吉郎の顔を見て、おやと思った。まだ何か言いたいことがあるようだ。常の宇吉郎にはあまりないことだが、少しばかり憂いらしきものが感じられた。

こちらから問いかけようか迷っていると、宇吉郎の方がそれに気付いたらしい。思い切ったように口を開いた。

「ところでお美羽さん。この前お話しした、柳島の家のことですが」

「はい？　あの隠居所になさるためにお買いになった家ですか」

「そうです。実は、あの家を買いたいというお人が現れまして」

「あら、お買いになったばかりですのに」

買い取って幾月にもならない家を、他人が欲しいと言って来たのか。でも宇吉郎とすれば、せっかく買ったばかりなのであっさり手放しはしないと思うが。

「お断りなされたのでしょう？」

「はい、そのつもりですが……思わぬことになりまして」

さっき感じた憂いが、宇吉郎の顔にはっきり見えた。

「何かございましたか」

「もう一人、買いたいというお人が出て来たのです」

「え、いきなりお二人も」

　これは意外な話だった。引く手あまたの家を宇吉郎が競り落とした、というのならともかく、さしたる変哲もない家をいきなり二人が買いたがる、というのは珍しい。

「その家をお買いになったとき、寿々屋さんの他に手を挙げておられた方は、いなかったのですよね」

　念のため確かめると、宇吉郎はそうだと答えた。

「特に由緒のある家ではないはずです。急にお二方から話が出たので、驚いている次第で」

「どんなお方なのですか」

「お一方は浅草の古着屋さんで駒屋さん。もうお一方は本郷の太物商、赤城屋《あかぎや》さんです。いずれも、これまでご縁はなかった方ですが」

「買いたい理由は、言っておられましたか」

「どちらも、たまたま通りかかって気に入ったと。駒屋さんの方は、柳島か亀戸《かめいど》辺りで小ぶりな家を探していたそうで、私同様、隠居所などにとお考えのようでした」

通りかかって気に入った、というのは宇吉郎と同じ理由だから、文句を言える筋合いはないだろう。しかし二人同時にそう思ったとは、偶然なのだろうか。

「それで、お売りになるのですか」

宇吉郎は、ふうむと唸る。

「駒屋さんは、買値の七十両に一割乗せる、とおっしゃっています。赤城屋さんの方は、駒屋さんより色を付けてもいい、と匂わせていまして。正直、どうしたものかと」

その家に執着しなければ、少なくとも七両以上の儲けになるのだから、手放してもいいような気はする。しかし、商いには果断をもってする宇吉郎には珍しく、だいぶ迷いがあるようだ。

「お美羽さん、このお話、どう思われますか」

ふいに宇吉郎が言った。え、私に尋ねるんですか。

「は……私にどう思うと問われましても……」

惑いを見せると、宇吉郎は微笑んだ。

「いやいや、これはご無礼しました。唐突でございましたね」

宇吉郎は詫びておいてから、少しばかり真顔になって続けた。

「ですがお美羽さんは、これまで幾つも難しい事件を解いて長屋の人たちをお助けし、八丁堀《はっちょうぼり》の青木《あおき》様も一目置いておられます。それで、何かお考えはと思いまして」

うわあ、そういうことですか。お美羽は汗が出そうになった。確かにこれまで、長屋の連中に降りかかった災難をうまく片付け、その調べに当たった北町奉行所定廻り同心の青木寛吾《かんご》を手伝うような格好になったのは、事実である。欽兵衛はそんな風に首を突っ込むお美羽に、苦言を呈し続けているのだが、宇吉郎には人助けになるならと背中を押されたこともあった。どうやら宇吉郎はお美羽を見込んで、知恵を出せと言っているのだ。

「それはその……確かに妙な話でございますね」

お世話になっている家主さんのお頼みだ。お美羽は懸命に頭を働かせた。

「単に家が気に入った、という方がそうそう重なるとも思えません。何か曰くがあるのではと思いますが……例えば、余程名のある大工の棟梁が建てたとか、欄間に左甚五郎《ひだりじんごろう》が猫を彫ってあるとか」

「はは、左甚五郎ですか」

これには宇吉郎も吹き出した。

「だとすれば、千両でも売りたくありませんが……そんな家なら、ずっと前から評判になっておりましょう」

それはそうだ。人里離れた山奥ならともかく、端っことはいえ、江戸にそんな名工が残したものがあったら、今頃江戸名所になって表に茶店や土産物屋が並んでいるに違いない。

「第一、そこまで古い家ではございません」

「ですよねえ。では、土地そのものに何か因縁があるとか……いや、それはもうお調べなのでしょうね」

「はい。界隈のお寺で聞いてみましたが、特に変わった土地ではないと。家が建つまでは、普通の田んぼだったそうです」

源氏か平家の名だたる武将が討ち死にした地だとか、墓があった土地だとか、そういうこともないようだ。書の手習いの手本に使われている伊勢物語には東下りの章があるので、もしやゆかりの土地、とも考えたが、ならば今まで誰にも知られていないはずがない。

しばらく考えを巡らせたが、真っ当な商家の旦那がどうしても手に入れたい、と考える理由は見つからなかった。

「申し訳ございません。思い付くことはこの程度でございます」

面目ないとお美羽は頭を下げた。宇吉郎が笑って手を振る。

「いえ、とんでもない。私の方こそ、急に変なことを持ちかけまして」

笑ってはいるものの、宇吉郎にとって相当気がかりなのは間違いなさそうだ。念を押すかのようにお美羽に言った。

「このこと、胸に留め置いていただけますか。思い付いたことがあったら、いつでもおっしゃって下さい」

承知しましたと言ってから、まだその家を見ていないことを思い出した。

「あの、よろしければ柳島のお家を拝見したいのですが」

これは、と宇吉郎が膝を打った。

「私としたことが。ごもっともです。お美羽さんさえよろしければ、明日にでも壮助に案内させます」

明日は大きな用事はない。お美羽は、是非お願いしますと告げた。

翌朝、洗濯に掃除と一通りの用事を済ませてから、お美羽は寿々屋に向かった。欽兵衛にも二人の買い手の話をして、柳島へ行ってみると断ってある。いつもお美羽のお節介な動きに眉をひそめる欽兵衛だが、今回は「寿々屋さんのお話なら、仕方ないねえ」と諦め顔であった。それに、欽兵衛自身も興味を引かれたようだ。

「その家で何か変わったことを見つけたら、教えておくれ」

そんなことを言って、苦笑するお美羽を送り出した。

寿々屋では、壮助が今や遅しと待ち構えていた。お美羽の姿を見るなり、ぱっと顔が明るくなる。

「お美羽さん、ご足労です。旦那様から間違いなくご案内するよう、厳しく申しつかっておりますので」

何だかやけに張り切っている。二十三で独り身の壮助は、前々からお美羽に気があるらしいのだが、残念ながらお美羽の方にその気はない。

「では参りましょう。駕籠《かご》をとも思ったのですが、こんないい天気ですし、川沿いに歩いてまいりますのもまた一興かと。お疲れになったら、いつでも言って下さいましね」

変に昂揚しているのか、壮助はやたらどうでもいいことを喋りまくっている。こういう軽さがお美羽とは合わないのだ、ということに気付いていないらしい。

適当に相槌を打ちながら、竪川に沿って進み、三ツ目通りを北へ折れて武家屋敷の並ぶ界隈を抜ける。柳島へは、吉岡町《よしおかちょう》で東に道を取り、法恩寺《ほうおんじ》橋で横川を渡れば半刻（約一時間）足らずで着く。相生町の寿々屋からは、二十六町（一町＝約百九メートル）ほどだった。

「ああ、見えてきました。あの土塀がそうです」

法恩寺の塀を過ぎ、柳島町に入ったところで壮助が前の方を指した。数軒並んだ町家の先に、短い土塀と小さな門構えが見える。そこが件《くだん》の家らしい。壮助は足を速め、懐から鍵を取り出した。

「ちょっとお待ちになって下さい」

壮助はお美羽を門前に立たせ、裏へ回った。裏木戸の鍵を開け、そちらから入って中から門を開けるのだろう。少し待つと足音が近付き、続いて閂《かんぬき》を動かす音がした。静かな界隈なので、そんな音も意外に大きく響く。隠居するにはいい場所なんだろうな、とお美羽は思った。

「お待たせしました、どうぞ」

壮助は門扉を開いてお美羽を招じ入れた。門と言っても幅は八尺ほどで、柱が両側に二本あるだけの簡素なものだ。土塀もさして厚みはなく、これなら生垣の方が合っているのに、と思った。

一歩踏み込むと、壮助の後ろに三十くらいの女衆が立っていて、お美羽を見ると頭を下げた。聞けば、ここの様子を見てもらっている隣家のおかみさんだという。後日、宇吉郎がここを隠居所として使い始めたら、下働きの手伝いに入ってもらう約束だそうだ。

「おつねと申します。おいでなさいまし」

おつねは、地味で生真面目そうに見えた。壮助に促され、お美羽を家の表口に誘《いざな》う。

「どうぞお入りになって下さい。掃除はしてありますんで」

壮助が先に立って、畳に上がった。襖《ふすま》と障子は開け放ってある。中は八畳が二間と六畳が二間で、東と南を廊下が囲む格好だ。奥に厨《くりや》と湯殿、雪隠《せっちん》があった。小さいが、住み心地は良さそうだ。

お美羽は座敷に入って、柱や欄間や天井を丁寧に見て行った。やはり、目に付くような細工は施されていない。柱も、飾りのない角材だ。床の間と違い棚はあるが、こちらも飾り気はない。掛け軸なども掛かっていなかった。

一通り目をやってから、お美羽はおつねに尋ねた。

「おつねさんは、前に住まわれていた方をご存じですか」

「はい。そのときも、手伝いに入らせてもらってたんで」

おつねによると、亡くなった前の主は克善《かつぜん》という温厚な人で、声を荒らげたのを見たことがないそうだ。家が売られて、どうなるかと思ったが、新しい買主の寿々屋がまた雇ってくれるそうなので、喜んでいるという。隠居所として使い始めるまでは、留守番役を頼まれているようだ。

「ここはいつ頃建てられたか、ご存じですか」

「はあ、あたしが子供の時分です。確か五つの時だったから、もう二十五年になるかねえ」

「お建てになったのは、どんな方です」

「確か、本所の八百屋か何かのご隠居だったかなあ。何せ子供だったんで、よく覚えてなくて」

関わりを持ったのは、克善からだそうだ。念のため、特に由緒がある家なのか聞いてみる。

「由緒？　いえいえ、そんなもん、別にありゃしませんよ。ただの田んぼだったんだから。その頃の持ち主？　北側に住んでるお百姓ですよ。今も残りの田んぼを耕してます」

代々の農家で、著名人に繋がる縁などはないようだ。

「この大きさの家で土塀は珍しいと思いますが、何かわけが？」

「ああ、もともと生垣だったんですがね。八百屋のご隠居の時分にすっかり枯れちゃって、嫌気がさして土塀にしたとか。手入れが面倒だったんでしょうね」

でも土塀は安普請で、ほら、ひび割れがいっぱいあるでしょうとおつねは指差して笑った。宇吉郎が越してきたら、そこは綺麗に作り変えるだろう。

さらにもう少し粘ってみたが、何の変哲もない家、という裏付けがとれただけで、得るものはなかった。お美羽は丁寧に礼を言って、壮助と共に通りに出た。

「いやあ、結局大したことはわかりませんでしたね。確かにいい家みたいですが」

おつねが引っ込んでから、壮助が言った。別に残念がってはいないような口調だ。

「ちょっと思ったんですが、風水というんですか、方角やら何やらが他にないほど縁起がいい、なんてことはありませんかね」

風水か。壮助にしては悪くない考えだが。

「そういうことは、旦那様が家を買う時に確かめておられるでしょう。誰もが買いたがるほど風水のいい家って、さすがに聞いたことありませんし」

そこまで言って、ふと家の方を振り返った。

「あれ？」

お美羽は眉をひそめた。通りの向こうに、件の家をじろじろと眺めている男が目に入ったのだ。行ったり来たりして、様子を窺っているような感じだった。

「お美羽さん、どうかしましたか」

後ろを向いたままのお美羽に気付いたか、壮助が声をかけた。

「ちょっと変な奴がいるんで」

お美羽は目で、二十間ばかり先にいる男を示した。こちらに背を向けているので顔はわからないが、三十前くらいの若い男のようだ。

「はあ。家を覗いているように見えますね。何だろう」

壮助も首を傾げる。

「空き巣狙いの類《たぐ》いかもしれない。とっちめてやりましょうか」

壮助が肩を怒らせて前へ出ようとするのを、お美羽は止めた。

「お止《よ》しなさいな。喧嘩になったりしたら、困るでしょう」

壮助の腕っぷしは、お世辞にも強いとは言えない。お美羽にいいところを見せようと、虚勢を張っているのだ。それが見え見えなので止めてやったが、壮助は「お美羽さんがそう言うなら」といかにも残念そうに肩の力を抜いた。内心では、ほっとしているだろう。

「だいたい空き巣と言ったって、今は空っぽで盗《と》るものなんかないでしょう」

「それもそうですね」

壮助が頭を掻いたとき、男がこちらに顔を向けた。そこでお美羽たちに気付き、ぎくっとしたようだ。すぐさま顔を背けると、足早にその場を立ち去った。

「何ですかね、ありゃあ。やっぱり怪しいな」

男の去った方を睨みながら、壮助が言った。

「戻っておつねさんに、気を付けるよう言っときましょうか」

「いえ……あいつ、空き巣の類いじゃないわ」

壮助が訝《いぶか》し気な顔を向ける。

「もしかして、心当たりでも？」

お美羽は目を怒らせて頷いた。

「ええ。両国の読売屋、真泉堂《しんせんどう》の奴です」

あの顔は、間違いない。この前の扇座の一件の時、大工の杢兵衛《もくべえ》親方のところで無理矢理話を聞こうとして、若い衆に追い払われた男だ。

「読売屋ですって？　それがあの家に、どうして」

「わかんない。でも、読売屋が動くってことは、何かあそこにまつわるネタがあるんでしょう」

「何も変わったところのない家のはずなのに……」

壮助は困惑顔で呟いた。妙なことになってきたな、とお美羽は眉間に皺を寄せた。

「え、あの読売屋が寿々屋さんの家を？　どういうつもりだろうね」

お美羽から話を聞いた欽兵衛は、驚きを見せた。真泉堂が評判の良くない読売屋であることは、欽兵衛も承知している。金で動くような連中で、今までにも入舟長屋に関わりのあった事件で迷惑な読売を出しているのだ。

「買い手が急に二人も出てきたことと、関わりがあるのかねえ」

お美羽もそれが気になっていた。

「わかんないけど、そもそも駒屋さんと赤城屋さんって、どんな人なのかなあ」

「どんなって、そりゃあ、七十両に一割乗せて家を買おうというんだから、そこそこの羽振りなんじゃないか」

欽兵衛も二人を知らないのだから、その程度のことしか言いようがないだろう。

「ちょっと行ってみようかしら」

欽兵衛が、またかというように眉を上げる。

「どうして家を買いたいんですかと、面と向かって問うつもりじゃあるまいね」

「そんな礼儀知らずじゃありませんよ。どんな商いしてるか、見てみるだけ」

言うが早いか、お美羽は立ち上がった。四半刻（約三十分）前に柳島から帰ったばかりなのに、と欽兵衛は呆れ顔になった。


自分でもせっかちだと思ったが、早めに相手を知っておくに越したことはない。お美羽はまず、浅草《さんげんちょう》に足を向けた。

駒屋は浅草三間町の辺りと壮助から聞いていたのだが、三間町は結構広い。しかもすぐ隣の西仲町《にしなかちょう》に古着店《ふるぎだな》と称される通りがあるほど、古着屋の多い界隈だ。もっと詳しく場所を聞いとくんだったと後悔した。

半刻近くもうろうろして何軒かで尋ね、ようやく駒屋の看板を見つけたときは、八ツ半（午後三時）を過ぎていた。これでは、今日中に本郷まで行って赤城屋を覗くのは無理だろう。

駒屋の前に立ったお美羽は、おやと思った。寿々屋から隠居所を買い取ると言うくらいだから、結構な大店を頭に描いていたのだが、駒屋の間口は四間あるかないかだった。小さくはないが、大店と呼ぶには程遠い。だが考えてみれば、古着の商いで大店というのもあまり聞いたことがなかった。

取り敢えず中を拝見、と暖簾を割ってみる。土間から板敷きにかけて、衣紋掛けや竿に吊るされた古着が隙間なく並び、帳場もよく見えないほどだ。品定めしている客が三、四人。この界隈では競い合いも激しいだろうが、まずまず流行《はや》ってはいるようだ。

「おいでなさいませ」

古着の隙間から覗くようにして、帳場から声がかかった。そちらを見ると、丸顔の番頭風の男が愛想のいい笑みを浮かべていた。童顔だが、鬢《びん》に白いものが見えるので、四十は過ぎているのだろう。

「こんにちは。ちょっと見せていただきますね」

お美羽も微笑みを返し、品定めするように手近な着物の袖をつまんだ。番頭風の男はお美羽にささっと値踏みするような目を走らせた。それから立ち上がって歩み寄ると、奥を示して小声で言った。

「こちらは少々安手でございます。お嬢様には、あちらにあるようなものがよろしいかと」

　言われてお美羽は自分の衣裳《なり》を検める。今日は白花色の裾に朝顔を散らした着物に鶯色《うぐいすいろ》の帯。高価な呉服ではないが、安物でもない。さすが商売人、そこを見極め、同じ程度のものを薦めようというのだろう。お美羽は軽く頭を下げ、聞いてみる。

「こちらの番頭さんですか」

「いえ、手前が主の進左衛門《しんざえもん》でございます」

「まあそうですか、失礼しました」

　ひと言詫びて、お美羽は並んでいる着物を順につまんで矯《た》めつ眇《すが》めつしながら、進左衛門の様子を窺った。上客と見たのか、進左衛門は愛想笑いを張り付かせたまま、適度な間を置いてお美羽の後ろに立っている。

　いかにもやり手の商人《あきんど》らしい感じだな、とお美羽は思った。怪しいとか、何か曰くがありそうだなどと思わせるものは、何も見えない。それとなく見回すと、店の表にいるのは、他に手代と小僧が一人ずつのようだ。

「ご繁盛のようでございますね」

　ちょっと世辞めいたものを言ってみた。進左衛門は、なかなか、と首を振って見せる。

「おかげさまでどうにか、やっております」

「このお店は、いつからですか」

「はい、もう六十年ほどになります。手前は四代目で」

「では、息子さんが五代目を継がれるのですね」

唐突かなと思ったが、言ってみた。進左衛門は一瞬、怪訝《けげん》な顔をしたが、すぐに笑みを戻して答えた。

「そうなりますが、倅はまだ十一でして、手前もまだまだ働かねばなりません」

「まあ、そうですか。余計なことを申しました」

繕うように笑いながら、これは変だとお美羽は思った。駒屋程度の店なら寮などは持っていないだろうし、柳島の家を隠居所とするなら、身代に見合っているだろう。だが跡継ぎの倅がまだ十一歳というのに、急いで隠居所を用意する理由がわからない。

これはやはり何かあるな、と思ったお美羽は、しばらく古着を見てから、気に入ったものがなくて残念といった顔を作った。

「もう少し明るめのものがあれば、と思ったのですが」

「左様でございますか。申し訳ございません。お嬢様のお好みに合いそうなものを仕入れておきますので、どうぞまたお越しくださいまし」

進左衛門は表までお美羽を見送り、ありがとうございましたと腰を折った。その振舞いに、お美羽を不審に思った気配は、まるでなかった。

翌日、お美羽は回向院《えこういん》裏に住む書の師匠のもとへ、手習いに行った。嫁入り前の嗜《たしな》みとして通い始めてからもうだいぶ経ち、嗜みの域を超えてしまったような気がしているが、手習い仲間の友達と話すのが楽しいので、やめようという気はなかった。習っていた子が次々嫁に行って入れ替わり、自分が一番古株になってしまったのを気にはしているのだが。

座るところも後ろの列と決まっている。右に十七になる太物商の娘、お千佳《ちか》。左に十八の金物屋の娘、おたみ。二人とも大の仲良しだ。お美羽が入って行くと、先に来ていたお千佳とおたみが、小さく手を振った。

ご機嫌ようと座ったお美羽は、早速お千佳に話しかけた。

「ねえお千佳ちゃん、おうちと同じ太物商で、本郷の赤城屋さんって、知らないかな」

「はい？　赤城屋さん？　うーん、聞いたことないなあ」

いきなり尋ねられて、お千佳は目を瞬いた。

「江戸には何百って太物屋さんがあるからねえ。浅草から本所深川までならわかるけど、本郷のお店じゃお付き合いはないから」

「やっぱりそうか。ごめん、忘れて」

同業とはいえ、すべてを知っているわけでないのは当然だ。仕方ないと思ったら、おたみが口を挟んできた。

「ねえねえ、その赤城屋さんがどうしたの」

「いや、どうしたっていうか」

「もしかして、すごく様子のいい若旦那がいて、お近付きになろうとか」

お美羽の惚れっぽさをよく承知しているおたみは、ニヤニヤしながら目を輝かせている。お美羽は胸の内で、やれやれと溜息をついた。

「そういう話ならいいんだけど、全然違ってる」

どうしようかと思ったが、今のところ何も起きてはいないので、差し支えはないだろう。お美羽は、言い触らしちゃ駄目よと釘を刺して、柳島の家のことをかいつまんで話した。

「ふーん、買い手が二人に加えて、あの真泉堂かあ」

おたみが、要領を得ない顔で言った。真泉堂の芳《かんば》しくない行状については、お美羽が関わった一件を通して、お千佳もおたみもよく承知している。

「ものすごく買いたくなるような素敵な家、じゃあないのよね」

「どう見ても普通の家だった」

「家そのものにも土地にも、値打ちがありそうには見えなかった、と」

「そういうこと」

お千佳とおたみは、顔を見合わせてうーんと首を捻る。

「仙人だか神様だかが夢枕に立って、そこを買いなさいと言ったとか」

お千佳が言うと、おたみが「そんな馬鹿な」と笑った。

「二人同時に夢枕なんて。だいたい、買えって言うなら理由も告げるでしょう」

言ってみただけよ、とお千佳は頬を膨らませる。代わっておたみが言った。

「それより、こんなのどう？　その家に、千両箱とか金銀財宝とかが埋まってるってのは」

「はぁ？　誰がそんなもの埋めるのよ」

「そりゃあ天下の大泥棒とか、戦国の世に滅んだお殿様とか」

お千佳が呆れて天井を仰ぐ。

「丸っきり、黄表紙か絵草紙じゃん」

「そんなものあるって、どうやって駒屋さんとか赤城屋さんが知ったのよ。それに、どうして今なわけ？　二十五年前に建った家なんだよ」

お美羽が問うと、おたみは「知らなーい」と投げ出した。そのとき師匠が入って来て座に着いたので、話はそこまでになった。

笑い事ではなかったとお美羽が知るのは、だいぶ経ってからだった。

三

「宇兵衛《うへえ》さんが、怪我したらしいよ」

欽兵衛が外出から帰ってお美羽に言ったのは、壮助の案内で柳島に行ってから四日ほど過ぎた昼下がりだった。

「あら。怪我って、どうしたの」

「何でも、一昨日柳島の家に行った帰り、荷車とぶつかりそうになって転んだそうだ。支えようと手をついた具合が良くなかったらしくて、昨日になって腕が腫れてきたから医者に行ったところ、骨にひびが入ってたんだと」

「それは大変ねぇ」

災難だが、折れなかったのは幸いと言うべきか。

「ちょっとお前、菓子折りでも買って見舞いに行っといておくれ」

欽兵衛に言いつかったお美羽は、すぐに出かけた。


回向院前の菓子屋で羊羹《ようかん》を買って、寿々屋に向かう。番頭の宇兵衛はどちらかと言うと気難しい男で、お美羽はちょっと苦手なのだが、仕事はしっかりしている。生真面目だから、少々の怪我で休んだりはしないだろう。

寿々屋に近付くと、暖簾をくぐって一風変わった感じの客が出てきた。三十くらいの男だが、白っぽい着物と袴に結袈裟《ゆいげさ》と、手には錫杖《しゃくじょう》、頭には被り物。何だか八卦見《はっけみ》か修験者《しゅげんじゃ》のようで、小間物を求めに来る客とは思えない。お美羽はついじろじろと見てしまったが、相手はお美羽には目もくれず、急ぎ足で通り過ぎた。

変な奴、と首を傾げつつ店に入ると、宇兵衛はいつも通り帳場に座っていた。ただ、その右腕にはさらしが巻かれている。算盤を使うのが不自由らしく、困っている様子だ。お美羽は近付いて、このたびはとんだことで、と頭を下げた。

「ああ、どうもお美羽さん。ご心配をおかけしました」

宇兵衛はお美羽を帳場の後ろにある部屋に上げ、菓子折りを受け取って丁寧に礼を述べた。痛みはだいぶ和らいだが、しばらく右手は使うなと医者に厳しく言われ、難儀しているという。

「荷車とぶつかりそうになったと聞きましたが、相手はどうしましたか」

お美羽が聞くと、宇兵衛は顔を顰《しか》めた。

「だいぶ急いでいたようで、あっと思ったらもう行ってしまって、呼び止めることもできませんでした」

「ずいぶん乱暴ですねえ」

「どこかの普請場へ行くのか、瓦を積んでいました。重い荷ですから、まともにぶつかっていたらこの程度じゃとても済まなかったでしょう」

宇兵衛は苦々しく言った。重い荷車は急に止まれないから、宇兵衛が飛びのくしかなかったのだろう。

「どこでお怪我なすったんですか」

「法恩寺橋の近くです。柳島の方じゃ、近頃新しい家を幾つも建てていますから、そこへ行く荷車だったんでしょうな」

近郷から江戸に出る人が増え、江戸の家並みはじわじわと外へ広がっている。宇吉郎が買った家も、建った当時の周りは家もまばらだったに違いない。

「誠に災難でございましたね」

「ええ、まったく。その上、この怪我に絡んで妙な奴が来まして」

「は？　妙な奴、と申しますと」

宇兵衛の眉間の皺が深くなった。

「つい先ほど、修験者みたいな見かけの男が参りましてね。旦那様に会いたいと言うのです。無論、そんな怪し気なのを奥に通すわけにいかず、私が応対しましたそれなら、お美羽が店の前ですれ違った男に相違ない。

「それらしいのが店から出てくるのを見かけましたが」

「そうですか。いかにも場違いだったでしょう」

「ええ、本当に。何の用だったんです」

宇兵衛は怪我した腕を指した。

「これですよ。どこで聞きつけたのか、私が柳島の家の様子を見に行った帰りに怪我をした、と知っていましてね。この怪我は、あの家のせいだと言うんです」

「は？」

お美羽はぽかんとした。道で怪我したのに家のせいとは、どういうことだろう。

「それがですね、あの家には何か悪いものが憑《つ》いていて、そのせいで私が災難に遭ったとか。悪霊だか魑魅魍魎《ちみもうりょう》だか知りませんが、そういうのが悪さをしたんだ、と」

「何ですか、それ」

呆れて言った。それなりに信の置ける坊さんなどが言うなら無下にはできないが、いきなりあんな風体《ふうてい》で現れて悪霊云々《うんぬん》と告げられても、まともに取り合う人は少なかろう。

「熊野で修行したとか言ってましたが、修験者にしては格好が整っていませんし、怪しいものです」

「お布施でも出せというんですか」

神仏を騙《かた》って強請《ゆす》り紛いのことをする悪い奴は、珍しくない。その類いかと思ったのだが、ちょっと違った。

「いいえ、あの家はお店に災難をもたらすかもしれないから、早々に手放しなさいと言っていました」

「家を手放せ、ですって」

これは驚いた。家を売ってくれと言って来たのが二人。さっさと売ってしまえとけしかけるのが一人。繋がっている、と思うしかないではないか。その通り言ってやると、宇兵衛も不快そうに頷いた。

「グルだと疑わないわけには、いかんでしょうな」

「そんな手まで使ってくるとは、いったいあの家に何があるんでしょう」

お美羽の困惑は、さらに深まった。

「とにかく、旦那様には全部お話しした上で、家をどうするか考えないといけませんな」

宇兵衛は嘆息するように言った。その声音から、向こうの思惑に嵌《はま》るのは癪《しゃく》だが、さっさと厄介払いしてしまった方がいい、と考えているのがよくわかった。

次の日、さらにおかしなことが起きた。真泉堂の読売が出たのだ。早速それを手に入れた長屋の住人、栄吉がお美羽に見せてくれた。

「まあ読んでみな。寿々屋さんの買った家が、えらいことになってるぜ」

その言葉を聞いて、お美羽は読売をひったくるようにして読み始めた。

「ええっ、何なのこれ」

一通り目を通したお美羽は、びっくりして声を上げた。何とそこには、あの柳島の家にお宝が隠されている、と書かれてあった。

「お宝ってどういうことよ。あそこはごく普通の家で、蔵も何もないのよ」

「よくわからねえが、家のどこにあるとは書いてねえだろ。床下に埋まってるのかもしれねえし、天井裏かもしれねえし、壁に埋め込んであるのかもしれねえ」

栄吉は読売を指しながら言った。確かに、お宝が千両箱だとも金銀財宝だとも書かれていないし、何もかも曖昧だ。だがさすがに商売、ひどく思わせぶりで、読んだ者の気を引く書き方がされている。寿々屋は何か知った上であの家を買ったのではないか、とまで匂わせていた。宇吉郎らにとっては、迷惑千万だ。名前は明らかにされていないが、寿々屋から家を買おうとしている者がいることも書かれていた。お宝を狙う連中ではないかと言わんばかりである。

「何がお宝よ。どういうつもりでこんなこと、書いたんだろ」

壮助とあの家に行ったとき見かけた真泉堂の男は、これを書くための下調べをしていたのだ。だが調べたなら、お宝などないことはわかりそうなものだ。

お宝がどうのこうのと大きな声で騒ぐものだから、長屋のおかみさんたちが何だなんだと集まってきた。今日も仕事を怠《なま》けているらしい菊造と万太郎もいる。

「何、寿々屋の旦那が買った家にお宝だって。そいつは面白《おもしれ》ぇ」

お宝と聞いて目を輝かせる菊造と万太郎に、お美羽はぴしゃりと言った。

「嘘っぱちに決まってるでしょう。それとも、お宝があるのを信じて探しに行こうなんて言うつもり？　つまんないこと考えてないで、仕事の算段でもしたらどうなのよ」

菊造がたじろいだところへ、「お宝がどうしたって」という声が聞こえた。振り向くと、長屋の浪人、山際辰之助《やまぎわたつのすけ》がちょうど師匠をしている手習いの場から、帰ってきたところだった。ついまた声が大きくなったのが、耳に入ったらしい。お美羽は顔を赤らめた。

「いえその、真泉堂がまたちょっと変な読売を出したもので」

山際がどれどれと手を出したので、お美羽は読売を渡した。山際が、さっと目を走らせて面白そうな顔をする。

「ほう、寿々屋さんが買った家にお宝か。いかにもいい加減な話のようだな」

「そうなんです。寿々屋さんも大迷惑ですよ」

「お美羽さん、また怒鳴り込みに行くんじゃあるまいな」

山際がニヤリとして言ったので、お美羽はますます赤くなった。この前、入舟長屋に住む大工の和助《わすけ》を貶《おとし》めるような読売が出たときに、怒って真泉堂に押しかけ、騒動になりそうなところを山際に助けてもらっていたのだ。

「そ、そんなことしませんってば」

「はは、ならいい。欽兵衛さんの寿命が縮むからな」

山際が笑い、お美羽は俯いた。実はお美羽は、山際が越してきたばかりの頃、その男ぶりに惚れて胸をときめかせたことがあった。だが独り身と思っていた山際は妻子持ちで、お美羽の恋心はあっさり砕け散った。今もそのことを思うと、胸がちくちくする。山際の方はお美羽の気持に気付くこともないまま、呼び寄せた妻子と入舟長屋で仲良く暮らしている。

「しかしいくら真泉堂でも、一からでっち上げた話を載せたりはしないだろう。何か思惑があるんだろうな」

「それなんですがねえ……」

お美羽は、ちょっとこちらへと自分の家の庭に山際を引っ張って、柳島の家にまつわる経緯を話した。

「ほう。どうしても買いたいという者が二人に、修験者風の怪しい男に、この読売か。それだけ集まると、確かに妙だな」

山際も真顔になって首を捻った。

「他ならぬ寿々屋さんの難儀だ。喜十郎《きじゅうろう》親分に相談しておいた方がよかろう」

喜十郎は南六間堀町《みなみろっけんぼりまち》で十手を預かる岡っ引きで、北森下町界隈も縄張りにしている。お美羽や山際も顔馴染みで、捕物を手伝ったことも一度ならずあった。

「そうですね。後で行ってみます」

山際は、何か悪事が企まれているのではと心配したようだ。その懸念は、お美羽も抱き始めていた。

山際も一緒に行こうと言ってくれたので、二人で喜十郎のところに出向いた。

喜十郎は岡っ引きとしての腕も、頼ってくる人の面倒見も悪くない。が、考え方は凡庸で、勘の鋭さなどはもう一つだ。お美羽たちが持って来た読売にも、さしたる関心は向けなかった。

「そいつなら、俺も見たよ。下らねえ与太話だろ。だからどうしたってんだい」

「こんなのが出たら、寿々屋さんだって痛くもない腹を探られるでしょう。お宝を隠してるとか取り込んだとか噂されたら、商いに障りが出るかもしれないじゃないですか」

親分も、寿々屋さんには一方ならぬお世話になっているでしょう、とお美羽が言ってやると、その通りなので喜十郎は渋い顔になった。

「そもそもお宝って、何なんだ」

「何だか書いてないから、読んだ人が勝手に憶測しちゃうんですよ」

そうでしょう、と山際の方を見る。山際も心得て言った。

「古《いにしえ》の平家の落人《おちうど》か、戦国の頃滅ぼされた城主の一族が、などと話を膨らませる者が出てくるかもしれんな」

笑ってから、山際は少し表情を硬くする。

「半信半疑でも、もしやと思った誰かが家へ忍び込んで荒らさないとも限らぬ。鉢合わせにでもなれば、刃傷沙汰《にんじょうざた》も起きかねんだろう」

ちょっと大袈裟かもと思ったが、喜十郎は落ち着かなくなった。本当に何かあったら、話を聞いていたのに何もしなかったでは、寿々屋に顔が立たないと思ったようだ。

「ええもう、わかりましたよ。柳島みたいな町外れは俺が出張るとこじゃねえが、あの辺に縄張りのある親分衆に声をかけときまさァ」

取り敢えず、何もしないよりはいいだろう。よろしくお願いしますよ、と念を押して、お美羽と山際は引き上げた。

喜十郎のことだから、誰かに丸投げしてしばらくそのままかな、と思っていたのだが、早くも次の日の昼、喜十郎が入舟長屋にやって来た。

「おうお美羽さん。山際の旦那は手習いかい」

「ええ、もうじき戻ってくると思いますけど、もしかして昨日の話ですか」

「そうなんだ」

昨日話をしたときは面倒臭そうな顔だったのに、今日はだいぶ真面目なようだ。何かあったらしい。

「昨夜寄合があって、本所吉田町《よしだちょう》の伝助《でんすけ》って奴に会ったんで、あんたたちから聞いた話をしたんだ」

本所吉田町は法恩寺橋の西で、柳島から十町くらいだ。伝助はそこの親分らしい。

「そいつも読売を見てたな。気を付けてるんだとは言ってたが、さっきそいつの手下が知らせに来て言うには、あっちはえらい騒ぎだそうだ」

「えらい騒ぎですって？」

「ああ。お宝探しだか何だか、噂が噂を呼んで、とにかくいっぺん見てみようって連中が、黒山みてえにたかってるらしい」

あらまあ、とお美羽は呆れた。読売に誘われて、大勢の見物人が繰り出したのだ。あの家のご近所は、たまったものではないだろう。

「これから俺も行ってみようと思うが、あんたと山際さんも行くだろうと思ってな」

「ええ、もちろんそうします」

お美羽は庭掃除をしかけていた竹箒《たけぼうき》を、放り出すようにして片付けた。

黒山みてえに、と喜十郎は言ったが、柳島に着いてみると、まさしくその通りだった。さして広くない通りを埋めた見物人は五十人、いや百人くらいはいるだろう。半纏《はんてん》を羽織った職人風、使いの途中で寄り道している小僧、近所のお百姓らしい人など、様々に寄り集まって、家を指しながら何か言い合っている。

「こりゃあ、驚いたな」

山際が目を見張った。頭越しに見やると、門の前で十手をふりかざしている男が見える。

「あァ、伝助だ。だいぶ往生してやがるな」

喜十郎は十手を抜くと、おうい、道を空けろと怒鳴りながら割って入った。お美羽と山際も、その後に続く。何だい、割り込みかいなどという声も上がったが、無視した。

伝助は喜十郎が近付くのを見ると、やれやれと安堵の表情を浮かべた。

「おう、南六間堀の。どうにもこの始末だ。手伝ってくれ」

喜十郎は、ああと頷いて見物人の方へ向き直った。

「何だ何だ、暇人どもめ。ここにゃァ、お宝なんてありゃしねえぞ」

じゃあこの読売は何だよ、と声が上がる。火のねえ所に煙は立たねえぞ、などと言う声も聞こえた。

「本当だよ。あたしが全部調べたんだ。何もないってば」

伝助の後ろに隠れていたおつねが顔を出し、叫ぶように言った。だいぶ怯《おび》えているようだ。おつね一人だったら、とてもこれだけの人数の相手はできなかったろう。

見かねたお美羽は、ずいと前に出て喜十郎の隣に立った。

「ちょっと、いい加減にしなさいよ。ここは他人様の家なのよ。勝手に押しかけて、周りの迷惑を考えたらどうなの」

「何だい、あんたは」

目の前にいた遊び人風の男がお美羽を睨む。

「私は……」

言いかけたが、ここの家主の持ってる長屋の大家の、などと言っていたら、わけがわからなくなりそうだ。

「こ、ここの縁者よ」

「縁者だぁ？　何でもいいが、お宝はいったいどんなもんなのか、本当にあるんなら拝ませてくれよ。そうしたら、みんな帰るぜ」

何を勝手なこと言ってるんだ。もし本当にお宝があったとして、誰とも知らない他人に見せるわけないだろう。頭に来て怒鳴りそうになったとき、山際が悠然たる物腰で前に出てきた。

「見物の衆、皆は真泉堂の読売を真に受けたのかな」

面と向かって言われて、見物人たちの勢いが鈍った。

「真に受けたってぇか、本当なのかどうか来てみようって話で……」

「そうか。よく見てみろ。お宝がありそうな家に見えるか」

見物人たちが、落ち着かなげに顔を見合わせ始めた。

「今このお嬢さんが言ったように、他人様の家だ。往来をこんな風に塞いで他所の家を取り囲んでいたら、役人だって放っておけなくなる。見ての通り、親分が二人も来てるんだ。おっつけ八丁堀も来る」

言ってから山際は、喜十郎の方を向いて「そうだろ」と言った。喜十郎も心得て、大声を出す。

「そうともさ。今に八丁堀の旦那が何人か引き連れてここへ来る。俺はその露払いってわけだ。これ以上ここで騒いでると、一番うるさい奴から番屋に来てもらうぞ」

十手持ちにそこまで言われると、皆は落ち着かなくなった。やがて後ろの方から三人、四人と抜け始め、お美羽に嚙みついた遊び人風の男がぶつぶつ言いながら去ったのを最後に、誰もいなくなった。

「ああ、やれやれ。一時はどうなるかと思ったよ」

おつねが大きく息を吐いて、しゃがみ込んだ。

「おつねさん、大丈夫？　怖かったでしょう」

お美羽が傍らに跪《ひざまず》き、背中をさすってやる。

「ああ、ありがとうね。あんた確か、寿々屋の壮助さんと一緒に来た人だね」

「ええ。寿々屋さんにお世話になっている入舟長屋のお美羽です」

「来てくれて助かったよ。まったくとんでもない読売が出たもんだ」

おつねは足元に何枚か落ちている読売を、腹立たしそうに指した。

「そちらのご浪人さんもお仲間かい。あの人が言ってくれたのは、効き目があったね」

お美羽は山際に顔を向け、「さすがですね」と微笑んだ。揉《も》め事《ごと》があると、こんな風に機転を利かせて収めるのが、山際の凄いところだ。

「なあに、私じゃなく十手のご威光だよ」

山際は軽く微笑んでから、喜十郎と伝助に言った。

「しかし八丁堀云々は方便でもないだろう。こんな騒ぎをそのままにしておくのも

た。

「いや、旦那のおっしゃる通りで」

大勢に取り囲まれる格好になって一番厄介な目に遭った伝助が、すぐさま賛同した。

「青木様にお話ししておきまさぁ。なんであんな読売が出たのか、調べることになるでしょうねえ」

青木なら、これまで幾つもの捕物に関わったおかげで、お美羽だけでなく山際も馴染みになっていて、今では時々一緒に飲む仲だ。青木が扱うなら、話が早い。

「と言っても、真泉堂はしたたかだからな。問い詰めても、のらりくらりと逃げそうだ」

直《じか》に真泉堂に会ったことのある山際が言った。喜十郎も頷いている。

「やっぱり、寿々屋さんにここを売った人から、もっと詳しく話を聞かないといけませんね」

お美羽が言うと、喜十郎と伝助も、それが手順だろうなと言った。

「それなら、光之助《みつのすけ》さんだねえ」

おつねが言った。一同がおつねの方を向く。

「光之助ってぇのが、売主か。前に住んでたのは、大店の番頭を隠居した克善って人だったな。その倅かい」

伝助が聞いた。伝助が知らないということは、界隈に住んでいる人ではないのだ。

「倅じゃなく、婿さんだよ。克善さんの一人娘の旦那さん。神田松永町《かんだまつながちょう》で、硯屋《すずりや》か何かをやってるよ」

それを聞いた喜十郎は、ちらりと山際とお美羽を見てから言った。

「しょうがねえな。青木の旦那に尻を叩かれねえうちに、行ってみるか」

四

「で、何であんたまでついてくるんだ」

通りを西へ歩きながら、喜十郎が苛立ったように言った。山際さんは帰ったんだからお前も帰れ、とばかりに睨んでくる。

「まあいいじゃないですか。今日は手下もいなくて親分一人でしょう。誰か一緒の方が、何かと便利なんじゃありませんか」

お美羽が都合のいいことを言って微笑むと、喜十郎はますます渋い顔をする。

「聞き込みは俺の生業《なりわい》だ。あんたの手伝いなんか要らねえよ」

そう言いながらも、追い払う素振りは見せない。半分は諦め、半分はお美羽の言い分に同意しているのだろう。お美羽はニヤニヤしながら、そのまま喜十郎にくっついて行った。

神田松永町までは一里余り、結構遠いがまだ日は高い。二人は竪川沿いを進み、両国橋を渡って広小路の賑わいを抜け、半刻ほどで神田の町に入った。途中、寿々屋の前も通ったが、幸いなことに、読売を見た連中が真偽を聞こうと集まっている様子はなかった。

松永町まで来て硯屋がどこか尋ねると、一軒しかないのですぐにわかった。行ってみると間口五間ほどの店で、先日訪れた駒屋よりひと回り大きいくらいだ。看板には、久慈屋《くじや》とある。

店の前に立った喜十郎はお美羽を一瞥《いちべつ》して、やはり帰る気はないと悟ったように首を振ってから、暖簾を分けた。

「おう、ご免よ。旦那はいなさるかい」

店先にいたのは、番頭らしいのが一人だけだった。喜十郎の十手を見ると、ただいますぐにと告げて奥へ入った。

お美羽は店の中をざっと見渡した。手前の台に幾つか硯が並び、併せて筆も売っているらしく、二、三十本が一緒に置かれている。奥の棚には、もっと高価そうなどっしりとした硯が、客を選ぶように堂々と陳列されていた。お美羽は書を習っているので、硯の良し悪しも多少はわかる。手前の台のものは普段使い用の安めの品で、奥にあるのは金のある趣味人や、それなりの身分のお侍が使うものだろう。店の名からすると、常陸《ひたち》の小久慈《こくじ》辺りの逸品ではないかと思った。

間もなく、奥から四十くらいの恰幅のいい男が現れた。商人らしく手を膝に当て、前屈みに愛想笑いを浮かべている。

「ご苦労様でございます。手前が主の、久慈屋光之助でございます」

挨拶した光之助は、二人を奥へ案内した。客間らしい八畳間に座ると、喜十郎は早速用件を切り出した。

「実は、先だって本所相生町の寿々屋さんに売りなすった、柳島の家のことなんですがね。昨日出た、真泉堂の読売はご覧になりやしたかい」

読売と聞くなり、ああそのお話ですかと光之助は膝を叩いた。

「手前もあれを見てびっくりいたしました。無論のこと、お宝などあるはずがございません」

光之助は一度言い切ったが、ふと眉を動かした。喜十郎が目ざとく見つけて、問い質《ただ》す。

「どうかなさいやしたかい。気がかりでも」

「いや、気がかりと申しますか……」

光之助は頭を掻いた。

「あるはずがないとは申しましたが、あの家は手前の女房の父親が買いましたもので、それ以前の持ち主の方は手前はまったく存じません。ですので、もしそのお方が何か隠したまま亡くなったのなら、手前も舅《しゅうと》も知らぬことになりますので……」

「初めの持ち主は、本所の八百屋のご隠居と聞いています」

お美羽が口を出した。光之助は怪訝な顔で、「こちらは」と聞いてくる。喜十郎は澄ました顔で、「寿々屋の縁者で、捕物の手伝いをしてくれてる娘さんで」などと答えた。面子《メンツ》もあるのだろう、勝手についてこられて往生している、などとはおくびにも出さない。

「左様でしたか。いや、お若くてお綺麗な方でいらっしゃるのに、恐れ入りました」

何に恐れ入ったか知らないが、光之助は改めて頭を下げる。

「しかし八百屋さんなら、お宝を隠すなどありそうに思えませんなあ」

「おっしゃる通りです。なので、家が建つ前に何かが埋められていたのかとも考えましたが、ずっと何の変哲もない田んぼだったようで、やはりありそうにないんです」

「では、やはり与太話、ということでしょうね」

光之助は首を捻りながらも、得心したように頷いた。そこへ喜十郎が言う。

「それに違いねえでしょうが、真泉堂が何であの家を狙って与太話を作ったのか、ってぇのがよくわからねえ。火のねえところに煙は、って諺もある。そこでいっぺん、本気で調べてみちゃあどうかと思ってるんですが」

「本気で、ですか」

少し不安になったか、光之助が目を瞬く。

「ええ。人数を集めて、あの家を根こそぎ調べようかと。久慈屋さんに、否やはありますめえね」

「ああ、そういうことですか。寿々屋さんが承知なさっているなら、もうお譲りした家なのですから、無論のこと、手前が何か言う筋合いはございません。それですっきりお宝の噂が消えるなら、結構な話です」

どうか存分にお調べを、と光之助は安堵したような笑みを浮かべた。

「ところで久慈屋さん、あの家を買い取りたいという方がお二人も、寿々屋さんに来られたのをご存じですか」

お美羽が聞くと、光之助は目を丸くした。

「あれを買いたいと？　いったいどんな方です」

「浅草の古着屋の駒屋さんと、本郷の太物屋の赤城屋さんです。寿々屋さんに家を売る前、この方々から問い合わせは来ませんでしたか」

「いいえ。今初めてお聞きするお名です」

「寿々屋さんの他に、あの家を買いたいとこちらに申し出られた方は、いないのですか」

「はあ、寿々屋さんの前に近くの名主さんとお百姓が聞きに来られましたが、値段を聞いてそれっきりです。近頃あの辺りも値上がりしていまして、その相場に合わせましたから、思った値よりだいぶ高かったんでしょう」

その名主さんたちは関わりないだろう。光之助の話の通りなら、駒屋と赤城屋が家を買う気になったのは、寿々屋が買い取ってから、ということになる。僅かな間に、何があったのだろうか。


久慈屋を出てから、喜十郎はぶつぶつ文句を言った。

「好きに口を挟んでいいとまでは、言ってねえぞ」

駒屋と赤城屋のことを、お美羽が先に持ち出したのが気に入らなかったようだ。自分に都合のいいときには、お美羽の口出しも黙って見過ごすのだが。

「そう言わずに。親分だって、聞きたかったんでしょう」

「だからそれは、俺がだな……」

言いかけたものの、面倒になったようだ。懐手をして、お美羽を睨む。

「とにかくあんたは、もう帰りな」

「親分はどこかへ回るんですか」

「そりゃあ、駒屋と赤城屋だ」

言ってから、余計なことを喋ったと自分で顔を顰めた。

「ああ、やっぱり。はいはい、わかりました。もう邪魔はいたしませんから」

ここはおとなしく引き下がる。

「ところでさっき、人数を集めて柳島の家を根こそぎ、って言ってましたよね。初めて聞きましたけど」

いちいち何だよ、とばかりに喜十郎が舌打ちする。

「青木の旦那ならそうするだろうと思ったんで、先回りして言っておいたのさ。その上で、久慈屋がどんな顔をするか見てみたんだが、是非ともどうぞ、って感じだったな」

なるほど。確かに光之助は、根こそぎ調べると聞いてほっとしていたように見えた。変な噂で、自分もとばっちりを受けないか、心配していたのだろう。

「ところであの久慈屋さん、どう思います。あんまり流行ってる感じじゃなかったですね」

喜十郎が怪訝な顔を向ける。

「と言うと？」

「奥の棚の高価《たか》そうな硯、だいぶ前から置きっ放しでくすんでるように見えました。私たちがいる間、お客も来ませんでしたし」

「ふん、そうか。あんたも見るところは見てるわけだ」

喜十郎は口元で薄く笑った。

「儲かってる店なら、柳島の家は自分で寮代わりに使うだろうさ。商いがぱっとしねえから、売ったんだろうよ」

もっともだな、とお美羽も思った。だったら、本当にお宝があれば光之助自身が放っておかないだろう。

次の日、壮助が入舟長屋に知らせにやって来た。

「八丁堀の青木様から、柳島の家を調べるとのお達しで。先ほど、宇兵衛さんが案内して柳島に向かいました。旦那様から、お美羽さんに知らせておけとのことで」

「宇兵衛さん、お怪我の方は大丈夫なんですか」

「案内だけで、力仕事をするわけじゃありませんから。たぶん、怪我したときの様子なんかも、念のために聞いておきたいんでしょう」

なるほど、その辺は青木らしい。

「青木様お一人で、お調べになるのかい」

欽兵衛が出てきて、聞いた。

「いえいえ、十人も連れてましたよ。棒やら鍬やら大工道具やら、普請でも始めるのかってぇ拵《こしら》えで。言葉通り、根こそぎやるおつもりのようですね」

その声が聞こえたらしく、井戸端に居合わせた菊造と万太郎が、首を突っ込んできた。

「なになに？　八丁堀があの家を掘り返そうってのかい。そいつは見ものだな」

「おいおい、お前たち。御上のお調べで、遊びの話じゃないんだよ」

欽兵衛が窘めたが、菊造はどこ吹く風だ。

「他ならねえ家主の寿々屋さんの大事だ。こりゃあ、見に行かねえと。お美羽さん、行くんだろ」

「私は行くけど、あんたたちが行ってどうすんのよ」

「どうすんのって、そりゃあ何だ、その、腕っぷしの強そうなのが十人も汗かいてるんだろ。そんなところへお美羽さんみてぇな別嬪《べっぴん》を、一人で行かせるわけにゃあいかねえ」

ねえ大家さん、などと菊造が言う。お美羽は呆れた。

「あっちには青木様がいるのよ。あんたたちは、役に立たない野次馬じゃないの」

「そうだよ。昼間から仕事もしないで、そんなことばかり」

欽兵衛の小言が始まったので、菊造と万太郎はさっと背を向け、それ善は急げだ、などと言いながら長屋を出て行った。

「しょうがないわねえ、まったく」

腰に手を当ててお美羽は嘆息する。

「で、お前も行くのかい」

「ええ、見届けてきます。放っといて、菊造さんたちが余計なことを仕出かしたら大変」

困ったもんだと欽兵衛は苦笑し、壮助の方を向いた。

「じゃあ壮助さん、お美羽を頼むよ」

「はい、もちろんです」

お美羽とまた一緒に行けるのが嬉しいらしく、壮助が弾んだ声で応じた。


柳島に着いてみると、家は壮助が言った通り、まるで普請場のようになっていた。襖も雨戸も障子も全部外され、庭の隅に固めて置いてある。畳まで上げられ、床板もめくられていた。尻を端折《はしょ》った小者が、何人も忙しく動き回っている。床下に潜って地面を掘り返している者までいるようだった。

「こりゃあたまげた。家が骨と皮だけにされちまってるじゃねえか」

菊造が目を見張りながら言った。万太郎も壮助も、啞然としている。塀の外には何人かの野次馬が集まり、成り行きを見守っていたが、幸い近所の者だけらしく、この前のような大騒ぎとは程遠かった。

「さすがは青木様、やることが徹底してるわね」

お美羽は感心しながら目で青木を探した。すると、おつねが気付いて傍に寄り、青木は裏だと教えてくれた。

一同は、動き回る連中の邪魔にならないよう、塀に張り付いてそろそろと奥へ進んだ。裏へ回ると、青木が小者の頭らしいのに、風呂場を指差して何か指図しているところだった。その隣に腕を吊った宇兵衛が控えている。宇兵衛はお美羽と壮助に気付くと、軽く頷いて見せた。

「青木様、御役目ご苦労様です」

お美羽が近付いて声をかけると、青木が厳《いか》めしい顔を向けてきた。

「おう、お美羽か。また面倒事に首を突っ込んだようだな」

お美羽の顔を見て僅かに緩んだ青木の表情が、後ろを見てまた硬くなった。

「何だその金魚の糞どもは」

指を向けられたのは、もちろん菊造と万太郎だ。青木に睨まれた二人は、忽《たちま》ち小さくなった。

「いや旦那、金魚の糞はひでえ。俺たちはその、お美羽さんの付き添いで」

誰が付き添いよ、とお美羽が振り向いて青木と同じような目で睨む。菊造たちは目を逸らした。

「お前たち、入舟長屋の連中だな。大方、家主の大事だとか理屈を付けて、野次馬根性を出したんだろう。来るのは勝手だが、おとなしくしてろ。邪魔しやがったら、ただじゃ済まさんぞ」

　青木にすっかり腹の内を見透かされて、菊造たちは返す言葉もないようだった。まったく、使えない人たちだ。お美羽は二人に代わって詫びておいた。

「お邪魔して申し訳ありません。でも凄いですね。本当に根こそぎお調べになっているのですね」

「ああ。どうせ確かめるなら、いっぺんに何もかもやった方が手間がかからん」

「やっぱり、真泉堂の読売は御奉行所でも？」

　お美羽が聞くと、青木は少し声を低めた。

「まあ、普通なら放っておくんだが。盗賊が盗んだ千両箱を隠してあるなんて言い出す奴まで出てきてはな。あまり変な話が広まらねえうちに、片付けとこうってわけさ」

　本来なら、こんなことは家主の寿々屋がやるべきことだが、と青木は嘆息気味に呟いて、ちらりと宇兵衛を見た。宇兵衛は恐縮したように黙って頭を下げた。寿々屋から奉行所には、それなりの付け届けがされたに違いあるまい。寿々屋が人を雇って家探しするのと、役人が直にやるのとでは、信用が段違いだ。宇吉郎なら、そこまで考えているだろう。

「お金を隠している盗賊って、本当にいるんですか」

青木は、滅多なことを言うなと目を怒らせた。

「そりゃあ昔に遡れば、大金を盗んで行方をくらまし、金の在り処もわからなくなった、なんて話がねえでもねえさ。けどそんなのはな、大坂落城の後で豊臣の残党が何万両も隠した、ってなやつと同じだ」

「ちょっとでも証しのあるような話は、ないってわけですね」

「ここ五十年ほどで言やあ、そんな大金が見つからねえなんて例《ためし》は一つもねえ」

青木はやや語気を強めて、言い切った。そんなものがあったら、御上の御威光に関わるとでも言いたげだ。

「旦那」

いきなり青木を呼ばわる声がした。声の方を見ると、顔を煤《すす》だらけにした小者の一人が、天井板を外した穴から、逆さまに顔を突き出していた。格好が面白すぎて吹き出しそうになり、お美羽は慌てて口を押さえた。

「おう、どうした」

「天井裏を隅っこまで探しやしたが、蜘蛛《くも》の巣と鼠の糞くらいしかありやせんぜ」

「よし、わかった。下りてきて、井戸で顔を洗え」

有難いとばかりに、二十歳《はたち》くらいの小者は一旦顔を引っ込めてから飛び降り、井戸の方へ走って行った。ついでに掃除しといてくれたら助かるんだけどねえ、とおつねが小声で言った。

お美羽たちが来てから四半刻ほどで一通り調べは終わったらしく、小者たちが畳や障子を元に戻し始めた。おつねは、やれやれとばかりに庭石に座り込んだ。

「やっぱり何も出ませんでしたか」

お美羽は一応、青木に聞いてみた。当たり前だ、と青木は言う。

「あの土塀が目隠しになるって以外、お宝を隠すのに特に向いた家でもねえしな」

青木は面白くもなさそうに、土塀の方に顎をしゃくった。

「まったく、半日かけて大掃除しに来てやったみてえなもんだ」

これが耳に入ったか、おつねがくすっと笑った。

「読売のおかげで大騒動ですね。真泉堂はどうなるんですか」

「どうもこうも、この後で呼びつけて、こってり絞ってやる。今日の調べにかかった手間賃を、払わせてやりてえところだ」

青木は片付けを終えて庭で腰を下ろしている小者たちに、行くぞと声を飛ばした。小者たちは、くたびれた顔でゆっくり立ち上がった。

「おいお美羽。寿々屋からいろいろ頼まれてるんだろうが、余計なことにちょっかいを出すなよ。今日は、その無駄飯食いどもを連れて真っ直ぐ帰れ」

また真泉堂に乗り込んだりするなよ、と遠回しに釘を刺したらしい。お美羽はしおらしく「ご苦労様でございました」と頭を下げて、青木たちを見送った。案内と見届け役を務めた宇兵衛は、結局ほとんど喋らないまま、青木に付いてその場を去った。

「やれやれ、金魚の糞の次は無駄飯食いか。旦那もあんまりな言いようだ」

遠ざかる青木たちの背中を見ながら、菊造が頭を掻いた。

「ほぼその通りじゃないの。さあさあ、もう帰るわよ。ここにお宝なんかないって、誰も文句が言えないほどはっきりしたんだから」

野次馬たちはとっくに引き上げ、日もだいぶ傾いている。帰って夕餉の支度をしなくては。お美羽は菊造たちの尻を叩き、おつねに労いの言葉をかけた。

「いえいえ、お美羽さんも壮助さんも、何度も済まなかったねえ……」

言いかけたおつねの目が、横に泳いだ、何か気になるものを見つけたのか。お美羽は、さっと振り返った。半纏を着た男の背が、十間ほど先の木陰に隠れるのが見えた。

「あいつ……」

何をしてるんだ。この前ここに来たとき、真泉堂の男が様子を窺っていたのを思い出した。また真泉堂の連中か。ならば、とっちめてやらないと。

「ちょっと、そこのあんた！　何をしてるの」

大声を出したので、菊造と万太郎もぎょっとして木陰に顔を向けた。半纏の男は、木陰から飛び出してこちらに背を向けた。

「待ちなさいッ！」

お美羽は怒鳴りながら、追いかけようと駆け出した。

「何だあの野郎、怪しいぞ。任しとけ」

やにわに菊造が元気になった。役に立つところを見せる機会ができた、と思ったのかもしれない。お美羽の前に出て、半纏の男を追い始めた。

だが、足は万太郎の方がずっと速かった。たった二十間ほど走っただけで、万太郎は男に追い付き、襟首を摑まえた。男が地面に尻もちをつく。立とうとする両肩を万太郎が押さえ、その間にお美羽たちが駆け付けた。

「ただの野次馬じゃねえな。お前、ずっとお役人が調べるのを見張ってたのか」

前に回った菊造が、胸ぐらを摑んだ。男が、諦めたように上を向いた。

その顔を見たお美羽は、胸にどんと一撃を食らった気がした。男は眉が濃く鼻筋が通り、今すぐにでも扇座で舞台に立てそうなほどの美形だった。年の頃は、二十一か二だろう。

「あ、あんたは……」

声が上ずりかけるところ、どうにか気を落ち着けた。見かけに騙されてはいけない。真泉堂の回し者かもしれないのだ。

「誰なのよ。真泉堂に雇われて、見張ってたの？」

「真泉堂だって？」

男の眉が吊り上がった。

「冗談じゃねえ。あんな奴の仲間なもんか」

「あんな奴って……真泉堂を知ってるのね」

そこで、はたと思い当たる。

「もしかして、あんたも読売屋なの」

男は菊造と万太郎に押さえられたまま、頷いた。

「俺は雁屋《かりや》の恒太《こうた》ってんだ」

恒太と名乗った男は、ぐっと顔を上げ、正面からお美羽を見つめた。澄んだ、明るい目だ。嘘つきや悪人には思えない。そのまま見ていると吸い込まれそうな気がして、お美羽の息が荒くなった。これはいけないと咳払いする。

「雁屋って、門前仲町《もんぜんなかちょう》の版元の雁屋さんですか」

荒事は苦手と、それまで後ろに控えていた壮助が、驚いたような声を出した。

「壮助さん、知ってるんですか」

壮助は、はいと頷く。

「昔からある読売屋さんです。真泉堂なんかより老舗《しにせ》で、ずっと真っ当なお店ですよ」

壮助が請け合うと、菊造と万太郎は顔を見合わせ、恒太を摑んでいた手を離した。

恒太はそのまま道端で胡坐《あぐら》をかき、逃げようとはしなかった。

「見つかっちゃ仕方ねえ。ええ、お役人がお調べになるところを、ずっと見てやしたよ」

「まさか、真泉堂と同じようにお宝をネタにする気なの？」

お美羽が聞くと、恒太は首をぶんぶん左右に振った。

「とんでもねえ。あいつらと一緒にしねえでくれ」

恒太の顔に赤みが差している。余程真泉堂が嫌いらしい。

「商売敵ってことかい」

菊造が言うのに、恒太はそうだと答えた。

「じゃあ雁屋さんは、真泉堂の向こうを張るようなネタか、真泉堂の読売が性質《たち》の悪い嘘八百だって証しを探してるのね」

「その通りでさぁ。お宝があるなんて話がいい加減なもんだってことはすぐわかる。けど真泉堂と真っ向から喧嘩する読売を出すにゃあ、間違いないって確かめとかねえと。それで今日、役人が来るって聞いて、一部始終を見届けに来たんでさ」

なるほどな、と菊造たちも頷いた。悪い奴じゃなさそうだぜ、と万太郎が囁く。

「あの、さ」

後ろからおつねの声がした。

「話が長くなりそうなら、うちへ入ってもらったら。お役人がすっかり片付けていってくれたし、お茶ぐらい出せるよ」

一同は顔を見合わせた。確かに、まだ聞きたいことはいろいろある。

「一緒に来て」

お美羽が告げると、恒太は逆らうことなく腰を上げた。

五

表口の隣の八畳間で、皆は車座になった。恒太を取り囲むような格好だ。お美羽たち五人の目がじっと注がれているので、恒太はさすがにちょっと落ち着かない様子だった。

おつねが淹《い》れてくれたお茶を一啜りしてから、お美羽が口火を切った。

「真泉堂がどうしてあんな読売を出したか、心当たりはあるの」

ああ、と恒太が茶碗を置いて言った。

「正直に言うが、ちょっとした小ネタや噂話に尾鰭《おひれ》を付けて面白い話に仕立てるのが、読売だ。きっちり証しを揃えて本当のことだけ書いてたんじゃ、手間ばっかりかかってさっぱり売れねえ」

それは、買って読む方も承知の上だ。菊造も万太郎も、だから何だという顔をしている。

「だがそれでも、真っ当な大ネタを摑んで、こいつはみんなに知らせなきゃならねえと思って、算盤を考えずに出すときもある。そういうときこそ、人のためになった、読売屋をやって良かった、って胸を張れるんだ」

恒太の声に力が入った。お美羽たちも、もっともだと頷く。

「それが読売屋の矜持《きょうじ》ってもんだ。真泉堂にゃ、それがねえ。あいつら、売れさえすりゃ何でもいいんだ。金を貰って誰かを貶《おとし》めたり持ち上げたり、なんてことも平気でする」

以前にそれを目の当たりにしているお美羽は、その通りよ、と大きな声で言った。壮助が、驚いたように身じろぎする。

「しかし、何か取っ掛かりの元ネタがあるはずだ。今度のやつみてぇに、ほとんどが嘘八百ってぇのは、さすがにおかしい。寿々屋さんがこの家を買ったってことと、買い手が二人現れたってこと以外は、絵空事なんだ」

「幾ら与太話の読売でも、そこまでいい加減じゃねえってのかい」

菊造が言うと、恒太がむっとしたように睨む。

「俺たちは戯作者じゃねえ。読売は黄表紙じゃねえんだ」

「だったら、真泉堂は何を企んでると思うの」

お美羽が聞くと、恒太は渋い顔になった。

「そいつが、まだわからねえ」

何だ、わからねえのかと万太郎が小馬鹿にしたように言った。

「だから、そいつを探ろうとしてるんだ。何か良くねえ思惑が隠れてて、そいつを暴いてやりゃあ、真泉堂をぎゃふんと言わせられるからな」

真泉堂は性質が悪いが、面白おかしく書くコツは心得ている。だから売れ行きはあっちの方がいいんだ、と口惜しそうに恒太は言った。

「調べる当ては?」

お美羽が質すと、恒太は頭を掻いた。

「それなんだが……やっぱり金が絡んでるんじゃねえか。儲けにならねえことを真泉堂がやるはずはねえ」

「ふうん。つまり、お宝騒ぎを起こして得をする奴が、真泉堂を金で抱き込んだってわけだな」

珍しく、菊造が真っ当なことを言った。

「その得をする奴が、誰だかわからねえ、と」

万太郎が後を続けて言うと、恒太は面目なさそうに肩を落とした。

「八丁堀の青木様が、これから真泉堂を呼び出すって言ってたわ。そうしたら何かわかると思う」

お美羽が言うと、恒太は首を傾げた。

「八丁堀が俺たちに教えてくれるかな」

「聞き方次第だと思うけど」

自分にならば教えてくれるとは思ったが、恒太にそこまでは言わないでおく。

「それに真泉堂の繁芳《しげよし》は、面の皮が厚い。たとえ八丁堀が相手でも、誤魔化し通すかもな」

お美羽も山際も、その点は懸念していた。菊造と万太郎も、眉間に皺を寄せている。やはり、こちらはこちらで探った方がいいだろうか。

「あの、ちょっと思ったんですが」

壮助が口を出した。

「駒屋さんと赤城屋さんはどうでしょう。あの人たちが仕掛けたってことは」

「ああ、ここを買いたいと寿々屋さんに言ってきた連中か」

恒太もその二人については調べてあるらしい。

「そいつは真っ先に考えたんだが、ここにお宝があるなんて話を流したら、寿々屋さんは売り渋るかもしれねえだろ。おまけに、世間様の目を思い切り引きつけて、自分たちまであることないこと噂されちまう。得になることなんて、一つもねえ」

言われてみればその通りだ。壮助は、がっかりしたように俯いた。だが、心当たりはまだある。

「つい先日、寿々屋さんに修験者か占い師みたいなのが来て、この家には不幸があるから手放せ、なんて言ったの。知ってた？」

「へえ、修験者か占い師？」

恒太は目を見張った。初耳らしい。お美羽は宇兵衛の怪我のことも含め、詳しく話してやった。恒太は、ふうんと腕組みをする。

「そいつも、ここをさっさと売らせようって算段だな。てことは、真泉堂の側より、駒屋と赤城屋の側とツルんでるんじゃねぇのかい」

「ええ。三人ともグルかもしれない」

「どこのどいつかってぇのは、わからねえんだな」

恒太は少し考える風にしてから、言った。

「そいつも探してみるか」

「もう一つあるわ。ここの前の持ち主、克善さんのことよ」

おや、と恒太が眉を上げる。

「亡くなってる人じゃねえか。あの世から真泉堂は雇えねえぜ」

「わかってる。でも、克善さんのことはまだ全然知らないし、奉公してたお店のことも聞いてないのよ」

そこでおつねが、「あのう」と声をかけた。

「克善さんのいたお店は、呉服の丹後屋《たんごや》ってところですよ」

丹後屋？　お美羽は首を捻った。

「壮助さん、知ってる？」

「さて。丹後屋というお店は幾つかありますが、どこの店でしょう」

番頭がこんな家に隠居できるくらいだから、大店なのだろうが、これはという店が思い浮かばない。するとおつねが、付け加えるようにして言った。

「もうありませんよ。潰れちまったとかで」

「え、潰れたんですか。どうして」

「さあ、それが。私がここに手伝いに入るようになったのは七年前ですけど、そのときにはもう潰れてたはずです。克善さんは、そのことについては何もおっしゃらなくて」

「ふうん、そうなんだ」

お美羽はちょっと考え込んだ。その様子が気になったのか、恒太が話しかけてきた。

「それが今のこの騒ぎに関わりがあるってのかい？　さすがにそっちまで調べる手間は……」

「手を貸すわ」

恒太は、えっと目を大きく開いてお美羽を見つめた。

「あんたが？　寿々屋さんの義理かい」

「まあ、そんなところ」

お美羽はちょっと頬が熱くなった。とっても二枚目な上、気性も真っ直ぐな人みたいだから手助けしたいの、なんて本音は絶対口に出さない。

「おっ、さすがはお美羽さんだ。ようし、俺たちもやるぜ」

菊造が手を叩いた。恒太はさらに驚く。

「あんたたち、お美羽さんのとこの長屋に住んでるってだけなんだろ。どうしてそこまで」

「なあに、ほれ、義を見た子ザルは言うべきなり、なんて言うだろ」

「それを言うなら、義を見てせざるは勇無きなり、よ」

恥ずかしいじゃないの、とお美羽は菊造の腕をはたいた。菊造は舌を出す。

「あんたねえ、仕事を放り出して何する気よ。どうせ寿々屋さんに駄賃をもらうか店賃をまけてもらおうって魂胆でしょ」

見透かされた菊造と万太郎が目を逸らし、恒太が笑った。

「いや、手伝ってもらえるってんなら、有難《ありがて》ぇ。場合によっちゃ、礼も出せるかも」

「おっ、兄さん、よくわかってるじゃねえか」

菊造がぱっと笑って、膝を乗り出した。ここまで脇に控え、黙って聞いていたおつねが、大丈夫ですかとお美羽の方を見る。お美羽は肩を竦《すく》めるしかなかった。

「ところで兄さん、読売屋の商売は長いのかい」

万太郎に聞かれると、恒太は突然赤くなった。

「あっいや、半年ちょっと経ったところだ」

「えっ、たったの半年かい」

万太郎と菊造が、目を剝《む》いた。

「なあんだ。あんな風に読売屋の矜持なんて立派なことを言うもんだから、てっきり十年はやってるのかと思ったよ」

「あー、ついその、背伸びしちまって」

恒太は赤くなったまま、照れ笑いした。本人の言によると、恒太は武蔵《むさし》の桶川宿《おけがわ》に近い農家の出で、一旗揚げようと江戸に出てきた。先に江戸へ出ていた知り合いの世話で、雁屋に入ったのだそうだ。

「今のところ、あんまり大きな仕事もできてねえもんで。俺もいい年だから、この辺で旦那の喜びそうなネタを挙げて、手柄にしたくってよ」

恒太は首を縮めるようにして、手拭いで額の汗を拭いた。その仕草に、正直な人だなあ、とお美羽は好感を持った。気が大きくなったらしい菊造は、なあに俺たちに任せとけ、きっとあんたを立ててやらぁ、などと勝手に言っている。

皆で手分けすることに話がまとまり、恒太と菊造と万太郎は、修験者のような怪しい男を探すことにした。お美羽は克善のいた店について、聞き合わせてみるつもりだ。お美羽たち五人は、おつねに礼を言って柳島の家を後にした。

二ツ目之橋で店に戻る壮助と別れた後、恒太は一旦雁屋に帰ると言った。門前仲町へ帰るには、北森下町は通り道だ。ずっと一緒に歩いて行けるのは、ちょっと嬉しかった。菊造と万太郎がいなければ、だが。

「お美羽さんは、こういうややこしい話を片付けるのが上手《うま》いのかい。若い娘さんなのに、大したもんだ」

年季の入った岡っ引きの親分か、町役さんがやるようなことなのに、と恒太は感心しきりの様子。

「いえ、そんな大げさな事じゃなくて。でも、長屋の人たちが面倒事に巻き込まれたら、放っておけなくって」

くすぐったくなりながら、恥ずかしそうに言う。恒太はまた感心したようだ。

「大家と言えば親も同然とは言うが、お美羽さんがそこまで、ねえ。入舟長屋の連中は、幸せ者だよなあ」

恒太は菊造と万太郎に顔を向けた。二人も、そうともと頷く。

「お美羽さんは頭のいい人なんだね。しかも、その……」

恒太はちょっと口籠もり、また赤くなって少し小声で言った。

「と、とっても綺麗だし……」

あらま、とお美羽の顔が火照《ほて》る。

「いやだ、そんなことぉ……」

はにかんだ途端、菊造の無粋な声がした。

「恒太さん、うっかり見かけに騙されちゃいけねえよ。何せこの人の二つ名は、障子割りの……」

え、と恒太が怪訝な顔をした隙に、菊造の脇腹に肘打ちを叩き込む。菊造が、うぇっとむせた。その耳に、「続きを言ったら、殺す」と囁く。菊造は慌てて、「いや、何でもねぇ」と恒太に笑って手を振った。恒太は特にそれ以上、聞かなかった。

程なく北森下町に着いた。通りからすぐ脇に入れば、入舟長屋だ。恒太はちらっと覗いて、「なるほど手入れが行き届いてる」と得心し、「それじゃあ俺はこれで」と通りを南に歩いて行った。お美羽たちは、軽く手を振って長屋に入った。

木戸を入った途端、万太郎がニヤニヤして言った。

「なああお美羽さん、あの恒太って奴、なかなかいい男じゃねえか」

「いい男？　うん、まあ、そうね」

何気ないふりで答えるが、万太郎も菊造も、わかってるよとばかりにお美羽の顔を覗き込む。

「またまたァ。あいつと喋るたんびに、ほんのり赤くなってたじゃねえか。早速ほの字になってるの、見え見えだぜ」

別にいいだろ、隠さなくたって、などと言い募る二人に、足を止めたお美羽は地獄の底から響くような声でひと言。

「た・な・ち・ん」

二人はぱっと身を翻し、自分の家に駆け込んだ。

「ええっ、読売の雁屋さんの人と一緒に、柳島の家の一件を調べるだって。菊造と万太郎まで一緒にかい」

お美羽から話を聞いた欽兵衛は、目玉をぐるぐる回した。

「青木様があの家をお調べになるのを、見に行っただけじゃなかったのかい。どんどん話がややこしくなるじゃないか。しかも菊造と万太郎って、あの二人、使い物になるのかい」

座り込んだ欽兵衛は、世も末とでもいうように天井を仰いでいる。

「しょうがないでしょ。流れでそうなっちゃったんだから」

もし首尾よくこの一件が片付いたら、菊造たちにも雁屋さんからお駄賃が出るかも、とお美羽は欽兵衛を宥《なだ》めるように言った。

「そうしたら、少しは溜まった店賃の足しになるでしょう」

「当てにできるのかね、そんなこと」

欽兵衛は、無理だろうとばかりに大きく溜息をついた。

「それより、その恒太って人は信用できるのかい」

「うん、できると思う。真泉堂は商売敵で性質の悪い奴だって、さんざん言ってたし」

「大丈夫かね……くれぐれも、無茶はしないでおくれよ。山際さんには、話してあるのかい」

山際は頭が回るだけでなく、剣の方も凄腕だ。だが血を見るのが嫌いで、余程のことがない限り刀は抜かない。それで欽兵衛も、山際には大きな信を置いていた。いざという時、お美羽を守ってくれるのは山際だ、と考えているのだ。

「うん。これから行って、お話ししておく。ところでお父っつぁん、呉服の丹後屋さんて聞いたことある？　七年以上も前に潰れたそうなんだけど」

「丹後屋？」

　唐突だったので、欽兵衛は驚いたような顔をした。

「さあ、聞いたような気もするが……そういう話は、お千佳ちゃんの方がよく知ってるんじゃないか」

　そうだった。お千佳の家は太物商だが呉服商との付き合いも多い。明日は手習いの日だから聞いてみよう、と思ったとき、外から魚を焼く匂いが漂ってきた。欽兵衛が、鼻をひくひくさせる。もう夕餉の支度の頃合いなのだ。お美羽は慌てて立ち上がり、たすき掛けをすると台所に入った。

　夕餉の後、山際の家に行って今日あったことを話した。家じゅうひっくり返して何も出なかったのは当然と受け止めていたが、雁屋の恒太には興味を引かれたようだ。

「読売屋にも、そんな争いがあるのだな。矜持の話も、面白い」

そこで山際の妻女、千江《ちえ》がお美羽に言った。

「もしかして、その恒太という読売屋さん、とても素敵な人なんですか」

えっ、とお美羽が目を剝く。

「ど、どうしてですか」

「お美羽さんの話しぶりで、何となく」

うわあ、千江さんにまで見抜かれるとは。千江は武家の妻女らしく控え目で品のある人だが、見るところはちゃんと見ているのだ。

「はあ、まあ、確かに様子のいい人ではありまして……」

言いながら顔が真っ赤になるのが自分でもわかり、山際に笑われた。


翌朝、井戸端に洗濯に行くと、先に来ていた細工物職人栄吉の女房、お喜代がいきなり話しかけてきた。

「ちょいとお美羽さん、菊造さんと万太郎さん、どうしちまったんだい」

「どうって、連中、また何かやったの」

「そうじゃなくてさ。朝の六ツ半（午前七時）過ぎから馬鹿に張り切って出て行ったんだよ」

それは珍しい。あいつらが起き出すのは、早くても五ツ（午前八時）だ。

「やっと仕事が入ったのかしら」

違いますよ、と大工の和助の若女房、お糸《いと》が言った。

「道具箱も天秤棒もなしの、手ぶらで出かけたんです。何なんでしょう」

なあんだ。二人とも、本気で恒太と一緒に修験者風の男を追っかける気なんだ。

「あの二人、柳島の一件に首を突っ込んじゃって、すっかりその気なのよ。本業に
それだけ精出してくれりゃ、こんなに店賃は溜まらなかったのにねぇ」

お美羽が大きく溜息をつくと、おかみさんたちが違いないわと大笑いした。


「え、丹後屋さん？　浅草駒形町《こまがたちょう》の丹後屋さんのこと？」

手習いの席についてすぐ尋ねてみると、お千佳は意外なほど驚きを見せた。

「たぶんそれだと思うけど、よく知ってるの？」

「知ってると言うか……潰れた事情が、ちょっとね」

珍しくお千佳が難しい顔をするので、反対側の席のおたみも「何、何」と顔を寄

せてきた。

「子供の頃の話だから、詳しくは知らないけど」

お千佳は周りを窺いながら言う。幸い、他の子は自分たちのお喋りに夢中だ。

「抜け荷に関わって、闕所《けっしょ》になったのよ」

「え、お縄になって財産を没収されたの」

なるほど、克善が店の話をほとんどせず、光之助も敢えて触れなかったのは、そういう事情か。

「呉服屋さんが直に抜け荷をするわけじゃないでしょう。抜け荷の品を、それと承知で扱ったってことかな」

「そうらしいよ。なんでも、加賀かどっかの廻船問屋とツルんで、清国から入った極上の絹をずっと買ってたらしいの。簡単にばれないよう、特に選んだ上客にだけ、凄い高値で売りつけてたみたい。抜け荷だなんて言わずに、特別に誂《あつら》えた品ですなんて言ってね」

この前も、抜け荷じゃないけど同じような売り方で奢侈《しゃし》の品を扱ってた店、あったわよね、などとお千佳は言う。まさにその店の尻尾を摑むため、お千佳にも一肌脱いでもらったのだ。あのときの昂揚は、まだお千佳の頭に残っていると見える。

「詳しく知らないなんて言って、充分詳しいじゃん」

おたみが、からかうように言った。まあそれはね、とお千佳はすまし顔をする。

「丹後屋の人たちは、どうなったのかなあ」

「さあ、主人は獄門になったんじゃないかな。後の人のことはわかんないけど」

獄門、と聞いておたみが身震いした。

「だったら、何人も死罪になったんじゃないの。怖いわねえ」

抜け荷は重罪だから、とお美羽はおたみの肩を叩いた。

「潰れたのって、いつの話かな」

「えーっとね。確か、八年ほど前よ」

八年前、か。克善が柳島に隠居したのは、十五年前。それより七年も後だ。克善はお縄になっていないのだから、丹後屋が抜け荷に関わったのは、克善が隠居した後だったのかもしれない。

「それで、その丹後屋さんのことを、どうして知りたいわけ」

また何か新しい一件に手を出しているのね、とばかりにお千佳とおたみが目をきらきらさせている。しょうがないなあ、とお美羽は頭を掻いた。

「ほら、先生が来るよ。続きは、終わった後に茶店で」

二人は、わかったと頷いて背筋を伸ばし、前を向いた。


日が暮れて、菊造と万太郎はすっかり疲れ切った様子で帰ってきた。その顔からすると、手掛かりらしきものは何も摑めなかったようだ。

「文字通りの手ぶらみたいね」

何も持っていない二人の両手を指して、お美羽が言った。菊造も万太郎も、がっくり肩を落とす。

「さっぱりだ。恒太と話して、俺は駒屋、万太郎は赤城屋を見張ることにしたんだが」

恒太は、もし修験者風の男が駒屋たちとグルなら、両方の店を張っていれば姿を見せるんじゃないか、と考えたそうだ。

「けど、一日中場所を変えたりして見張っても、それらしい奴は現れなかったよ」

その男の人相については壮助から聞いているはずだが、万太郎は、やはり直に見た相手でないとなかなか難しいや、などと言う。

「恒太さんの方は、どうなの」

「あっちは、宿屋が集まってる馬喰町《ばくろちょう》界隈でそれらしいのを見た奴がいねえか、聞き回ったってよ。けど、そっちも空振りだ」

「毎日見張ってるわけにもいかねえから、明日はそれぞれ、駒屋と赤城屋の周りで奴を見かけた者《もん》がいねえか、聞き込みに回ろうって恒太が言ってる」

菊造と万太郎が、代わる代わる言った。それはいいかも、とお美羽も思った。菊造と万太郎だけなら当てもなくぐるぐる歩き回って、疲れた頃に通りかかった居酒屋で沈没するのがオチだ。恒太はいろいろと頭を使ってくれているらしい。

「で、お美羽さんの方はどうだい。何かわかったかい」

菊造が偉そうに聞いてくるので、丹後屋のことを話してやった。抜け荷、と聞いて菊造も万太郎も、目を丸くする。

「そいつは大ごとだな。でも八年も前か」

二人は揃って、首を傾げた。

「で、その丹後屋のこと、柳島とどう繋がるんだい」

「それがわかったら苦労はないわよ」

菊造たちは、なあんだという顔をして、じゃあおやすみ、と引き上げた。菊造が万太郎の肩を、弟分を労うように叩いている。本業もあのくらいきっちりやってほしいのに、とお美羽は嘆息した。

「丹後屋と柳島の繋がり、か」

お美羽は声に出して、一人呟いた。正直なところ、克善という人物以外に目に見える繋がりはない。だが、関わりはないと捨てる気にもなれなかった。やはり丹後屋が潰れた経緯について、もう少し知りたい。だが、お美羽の知り合いでお千佳以上に経緯を知っていそうな人というと……。

六

「八年前の一件を知りたいだと？　どういうつもりだ」

丹後屋の名を聞くなり、青木の目が鋭くなった。

「いえ、その……柳島の家に前に住んでいた克善さんが、丹後屋の番頭さんだったと聞きまして、それで……」

お美羽は、どう言ったものかと迷った。丹後屋が大きな罪を犯したなら、一番詳しいのは八丁堀のはずだと思い、長屋の用事を済ませてから、見回りの青木を摑まえようとあちこち走り回ったのだ。が、こうして林町《はやしちょう》の番屋で向き合ってみると、町人の娘がそんな詮索をするのはいかにも無茶に思えてきた。

「八年も経ってるのに、今度のことと関わりがあるかもしれねえってのか」

「はあ、或いはと思って……」

口籠もると、青木がさらに眉を逆立てる。こっぴどく叱られそうな気がして、思わず俯いた。だが、怒声は飛んでこない。そうっと窺うと、青木は腕組みして考える様子だ。お美羽は黙って待った。

唐突に、青木が口を開いた。

「屋号の通り、もともとは丹後縮緬《ちりめん》を商ってたんだが、先代の頃から加賀友禅にも手を広げてな。うまくいくかと思えたんだが、後から割り込んで商いを伸ばすのは、なかなか難しい。どっかで無理をしたようだ。そこにつけ込まれた」

どうやら、全部話してくれるようだ。お美羽はほっとした。

「抜け荷をやろうとした連中に、引き込まれたんですね」

そうだ、と青木が懐手で頷く。

「高値で捌《さば》くには、やはり江戸だ。抜け荷の連中は、品物を江戸で売る仲間が欲しかったのさ。丹後屋はうまく引っ張り込まれた」

加賀の湊から正規の取引の加賀友禅の荷に紛れ込ませて運んだので、なかなか発覚しなかったそうだ。

「五年くらいは、うまく運んだようだ。だが、売り先の客が商いで不正をやっちまった。手入れのとき、日の本の品物じゃねえ飛び切り上等の織物が見つかった。それですぐに丹後屋が手繰《たぐ》られちまったわけさ」

売り捌いた品から足がつくのは、珍しい話ではないだろう。丹後屋は脇が甘すぎた、ということだろうか。

「お店の人たちは、どうなったんでしょうか」

「店主は獄門、関わった番頭二人も死罪だ。知らずに従っただけの手代は、悪くても追放までで済んだ」

あとの奉公人はお咎《とが》めなしだったが、散り散りになったようだ。

「加賀の船問屋や中継ぎ人は、加賀前田家の方で処断したそうだ」

「店主のご家族は」

「内儀と倅が一人いたが、親族を頼って江戸を出た。どこへ行ったかは覚えてねえが、武州か上州だったかな」

「そうなんですか、お気の毒に。ご主人も、どこかでやめようって気にはならなかったんでしょうかねえ」

「その気になったたって、ツルんでる連中が許すめえよ。それに、相当な儲けが出たらしいからな。やめる気は毛頭なかったんだろうさ」

青木の言い方に、不快そうな臭いが混じった。お美羽は一歩引いて、礼を述べた。

「青木様、無理なお願いをいたしまして申し訳ございません。私のような者に大事な話をお教えいただき、誠にありがとうございます」

何だよ畏まりやがって、と青木が肩を揺すった。

「大事ったたって、別に隠すようなことでもねえ。奉行所の公の記録にちゃんと載ってる話だ」

恐れ入ります、ともう一度頭を下げてから、お美羽は改めて問うた。

「青木様、あと一つお尋ねしたいことが」

何だ、と青木が眉を上げる。お美羽は思い切って続けた。

「柳島の家をあれほど念入りに、しかも青木様が直々出張ってお調べになったのは、お宝が丹後屋に関わりがあるのでは、と青木様ご自身も思われたからではないですか」

青木の話を聞いているうちに浮かんだことだった。青木は眉間に皺を寄せ、お美羽をじっと見つめている。こめかみに青筋が浮いている気がして、目を逸らしそうになった。そこで青木が、薄笑いを浮かべた。

「ふうん。お前、やっぱり頭が切れるじゃねえか」

図星だったらしい。青木は懐から右手を出して、顎を撫でた。

「さっき丹後屋は相当な儲けを出してたろう、って話をしたよな」

「はい」

「闕所のとき、俺も立ち会ったんだが……どうもこっちの見立てより、財産が少ねえような気がしたんだ」

「財産が少なかった？」

お美羽にも青木の考えがわかった。

「もしや、柳島のお宝は丹後屋の隠し財産を指してるんじゃ、って思われたんですか」

「ま、正直、いくら何でもとは思ったんだがな」

青木はきまり悪そうに顎を掻いた。

「お前じゃねえが、やっぱり気になるじゃねえか。で、あんなことをやってみたんだが、知っての通りのざまだ」

「何も出なかったんですよね。埋めて掘り出した跡とかも」

「強いて言やァ、掘り出した跡なんか、月日が経ってりゃまずわからねえがな。実は闕所の時、裏帳簿も見つかったんだが、そいつを調べて没収した財産と比べたら、ちゃんと辻褄《つじつま》は合ってたんだ」

「えっ……じゃあ」

「ああ。それでもあの時は、感じとしてしっくり来なかった。けど、こうして何も出ないところを見ると、奉行所の連中が言うように取り越し苦労だったんだろうな」

青木は諦めたように言いながらも、どこか口惜しそうだった。

「克善さんって、隠居した後もお店の人たちと行き来があったんでしょうか。だとすると、抜け荷のことも知ってたんでしょうか」

「いや、知ってたとは思えねえ。追放になった手代の一人が、克善がいたらこんな危うい商いに手を出したりしなかったろうに、なんて言ってたからな」

確かに克善なら、旦那が何と言おうと抜け荷に関わるなんざ、許さなかっただろうよ、と青木は言った。

「何よりもお店大事の、実直な方だったみたいですね」

お美羽も得心して頷いた。

「じゃあ、お宝って？　真泉堂をお呼び出しになったんですよね」

「ああ、呼んで絞ってはみたんだが」

青木は苦々しそうに言った。

「拾い集めた噂を自分たちで取りまとめて、筋書きを一本作っただけだ、証しなんぞねえ、とさ。ご承知の通り読売などそういうもんだ、なんてぬかしやがる」

開き直ったか。しかし、自分で自分の商売を貶めるような物言いをして平気なのか。経験の浅い恒太の方が、余程読売屋らしい考えを持っているではないか。

「これが重罪に関わるんなら、どんな手を使っても吐かせてやるんだが、そういうことでもねえしな」

真泉堂繁芳は言うだけ言って、堂々と帰って行ったという。

「いずれ痛い目に遭わせてやるさ」

青木は珍しくそんなことを言った。余程腹に据えかねたのだろう。これなら、次に真泉堂と悶着が起きたとき、青木は間違いなく味方してくれそうだ。

「ところでお美羽、真泉堂の商売敵の雁屋の奴と手を組んだようだな」

「あっ、もうお耳に入っていましたか」

さすがに、びくっとした。青木がニヤリとする。

「八丁堀を舐めるな。お前の動きなんざ、全部お見通しだ」

おやおや、ただの大家の娘から、八丁堀に目を付けられる女に格上げされたらしい。

「気を付けろよ。雁屋は真泉堂に比べりゃ真っ当だが、やっぱり読売屋だ。腹の中じゃ何を考えてるか、わからねえぞ」

恒太に限って、とは思ったが、青木は真面目に忠告してくれたようだ。肝に銘じます、とお美羽は素直に頭を下げた。

見回りを続けるという青木を送り出し、お美羽は番屋を出て竪川沿いを家の方に向かった。すると、二ツ目之橋の袂《たもと》に来たところで、両国の方から恒太が歩いて来るのが見えた。あれっと立ち止まると同時に、恒太もこちらに気付いた。

「お美羽さん！」

恒太は手を大きく振り、小走りになってこちらに来た。通行人が気付き、二人に目を向ける。どこかのお嬢様風の娘さんが、お美羽と恒太の顔を交互に見て、腹立たしそうにぷいと目を背けた。妬《や》いてるなと気付いたお美羽は、内心でにんまりした。

「偶然だなァ。どこへ行ってたんだい」

「うん、ちょっと番屋へ。八丁堀の青木様と話してたの。そっちは」

「ああ、例の修験者風の男を見た奴がいねえか、ずっと聞いて回ってるんだ。今のところ、さっぱりだが」

一日中それればかりもやっていられないので、店へ仕事に戻る途中だという。

「菊造さんと万太郎さんは朝から晩まで動き回ってくれてるのに、済まねえと思うが」

「あー、いいのいいの。こんなことでもなきゃ、仕事より昼間っから酒飲んで寝てる方が多い連中だから」

この修験者探しだって、何も見つからなきゃすぐに飽きるだろう、とはさすがに言わなかった。そうかい、と恒太は笑みを浮かべる。

「ところでお美羽さん、お昼は」

「あ、まだだけど」

欽兵衛はまた将棋に出かけたはずなので、煮売り屋で何か買って帰ろうと思っていたところだ。それを聞いた恒太は、嬉しそうな顔になった。

「じゃあ、一緒に蕎麦でもどうだい」

「ええ、いいわ」

断る理由、全くなし。お美羽は浮き立って、恒太が旨いという松井町《まついちょう》の蕎麦屋に入った。実はお美羽も知っている店で、味は中の上くらいなのだが、黙っている。

注文した盛り蕎麦が来るまでの間に、まず恒太がこれまでのところを話した。

「駒屋と赤城屋を見てみたんだが、ちゃんとした店みたいだな。俺は江戸に来てまだ半年余りなんで、場所を聞いても行くだけで大変でよ」

足を使うのが読売屋だってぇのに、情けねえ、などと笑った。笑うと歯が綺麗で、思わずよく見てしまう。

「浅草へ行ったり本郷へ行ったりじゃ、大変でしょう」

「いやあ、あちこち歩き回るのもいい勉強だ」

恒太は照れたように言いながら、出てきた蕎麦を箸で持ち上げ、勢いよく啜った。

「お美羽さんの方は、青木の旦那からどんな話を」

聞かれたお美羽は、丹後屋についての一部始終を話した。恒太は箸を止め、目を丸くする。

「へえっ、そこまで聞き出したのか。すげえな」

「いやいや、青木様には普段から世話になってるんで」

感心するほどのことじゃないわよと言いながら、実は嬉しい。

「丹後屋ねえ。俺が江戸に来るずっと前の話だから、初めて聞くが」

恒太は首を傾げて考え込んでいる。

「今となっちゃ、もし隠し財産なんてものがあったとしても、知ってる奴はいねえんじゃねえのかい」

「そうかもねえ」

「でもって、柳島の家とは関わりねえんだよな」

「そのはずなんだけど、もし仮によ、真泉堂が隠し財産のことをどっかで小耳に挟んで、それをネタに読売を出したとしたら」

「おう。そいつは面白ぇな」

恒太の目が輝いた。が、すぐにまた首を傾げる。

「だったらどうしてお宝なんてぼかさずに、隠し財産のことをそのまま書かなかったんだ。その方が絶対に売れるぜ」

それもそうだ、とお美羽も思い直した。

「恒太さんの言う通りね。ちょっと丹後屋から離れましょうか」

「うん。何か考えがあるのかい」

「元に戻って、駒屋さんと赤城屋さんのこと、もっと調べたらどうかなって」

ああ、なるほどと恒太は頷いた。

「そう言やァ、俺はその二人が何者か、どんな奴か、まだ知らねえもんな」

よし、と恒太が手を叩く。

「修験者は菊造さんたちに任せて、明日からそっちを洗ってみよう。何かわかったら、知らせるぜ」

意気込んだのか、恒太は皿に残った蕎麦をまとめてつゆに突っ込み、一気に喉に流し込んだ。そんなに慌てないで、とお美羽は笑った。


家に帰ってみると、やはり欽兵衛は将棋に出かけたまま、戻っていなかった。お美羽は少し考えて、山際のところに行くことにした。夕餉の支度までには、まだだいぶ暇がある。

山際はちょうど昼餉を終えたところだった。障子を開けると、五歳になる娘の香《か》奈《な》江《え》が、「あ、お美羽さんだ」と顔を輝かせて寄ってきた。

「また父上にご用事？」

「そうなの。邪魔してごめんね」

「ううん。お美羽さんのお話はいつも面白いって、父上が言ってる。また香奈江にも面白いお話、してくれる？」

「うん、もちろんいいわよ」

お美羽の持って来る話は、子供にできるようなものではない。しかし、手習いの手本や友達から聞いたことや、欽兵衛の黄表紙などから、子供の喜びそうな話は頭に幾つも仕入れている。機会があると香奈江や他の子どもたちに披露してやるので、お美羽の人気は高かった。

「ほら、外で遊んでいらっしゃい」

千江が気を利かせて、香奈江を送り出した。香奈江が跳ねるように飛び出して行くと、お美羽は千江に目で礼を言って、畳に腰を下ろした。早速に山際が問う。

「あの家の件で、何かあったか」

「はい。一昨日ちょっと申しました丹後屋さんについて、詳しいことが聞けましたので」

お美羽は青木から聞いた話を披露した。山際は、うんうんと腕組みして頷いている。

「抜け荷で闕所とは、なかなかに大ごとだな」

「ええ。奉公先の恥ですから、克善さんが亡くなるまで自分から口にしなかったのはわかるんですが」

お美羽は、頭の中で考えをまとめながら言った。

「久慈屋光之助さんは、どこまで知ってたのかなあ、って」

「克善の婿で、家の売主だったな。喜十郎親分と一度訪れたと言っていたが」

山際は、記憶を辿るように目を上に向けた。

「ええ。久慈屋さんからは、丹後屋の名は一度も出ませんでした」

「それは特におかしなことではあるまい。克善と同様、知っていても自分から吹聴する話ではなかろう」

山際は、少し考えてから言った。

「久慈屋が克善の婿になったのは、丹後屋がお縄になる前かな、後かな」

「それは聞いてませんが、年恰好から言って、前でしょうね」

「ならばやはり、抜け荷云々については知っているはずだな」

山際は、改めてお美羽の顔を覗き込むようにした。お美羽はちょっと落ち着かなくなる。

「何か気になることがあるんだな」

「あ……はい。あやふやな話なんですけど」

お美羽は青木の話の中で、どうしても引っ掛かっていることを口にした。

「丹後屋さんはやっぱり財産の一部を隠したんじゃないか、って」

ふむ、と山際が眉を上げる。

「柳島の家にか。しかし、何も見つからなかった」

「青木様も言っておられました。もし一旦埋めて何年も前に掘り出していたら、埋めた跡なんか残ってないだろうって。今ないからといって以前もなかった、とは断言できないでしょう」

「裏帳簿についてはどうだ。青木さんは、辻褄は合っていたと言ったんだろう」

「帳簿なんか、その気になればいくらでも都合のいいように作れます」

その辺りは、山際よりも日頃帳面付けをやっているお美羽の方が詳しい。山際は、それもそうかと呟いた。

「話はわかるが、お美羽さんはどうしたいのかな」

「はい。久慈屋さんに確かめてみたいと思ってます」

「もう一度、久慈屋に行くのか」

「はい。でも一人では見逃しもあろうかと思いますので……」

上目遣いに山際を窺う。千江が察して、山際の袖を引いた。

「ご一緒に行って差し上げては」

お美羽がもうひと言、付け加える。

「山際様は、墨や硯にはお詳しいのでは」

「うん？　確かに刀よりそちらを使う仕事が専らだが、さほど詳しいとは言えぬぞ」

書の手習いだけの私よりは上でしょう、とお美羽は持ち上げた。

「久慈屋さんの商いの具合も、見ていただければと思うんです」

「そこまでは難しいが……まあ、私でよければ同道しよう」

押し切られたような格好で応じ、山際は苦笑した。

七

「おや、これは。お美羽さん、でしたね。先日、南六間堀の親分さんと一緒に来られた」

応対に出た光之助は、四日前に来たお美羽が浪人を連れてまた現れたので、意外そうな顔をした。「こちらは……」と山際を訝し気に見る。

「長屋でお世話になっているお方です」

簡単に紹介し、山際が名乗ると、光之助は曖昧に愛想笑いを浮かべた。

「さて、本日はどのようなご用でしょう。やはり柳島のことでしょうか」

「ええ、そうなんです。実はお宝について、気になる噂を耳にしまして」

お美羽が切り出すと、光之助は「お宝」という言葉に身構える風を見せた。

「噂と申しますと……」

「克善さんの奉公先だった、丹後屋に関わることです」

光之助の顔色が、目に見えて変わった。

「丹後屋の件に、心当たりがおありかな」

山際が悠然と尋ねる。

「あ……いえ、その」

光之助はうろたえたような声を出したが、すぐ腹を決めたようだ。お美羽たちを見返して、自分から言った。

「闕所のことを、ご存じなのですね。その経緯も」

「はい、存じております」

　ここでお美羽は、もう一歩踏み込んだ。

「闕所のとき、財産の一部が御上の目を盗んで隠されたのでは、という噂も」

　光之助の肩が、びくっと動いた。本当にそういう噂が流れていたわけではないが、カマをかけてみたのだ。狙いは当たったようだ。

「その隠し財産がお宝の正体では、と疑う向きもあるようでな」

　山際が駄目を押した。光之助は唇を引き結んだまま、しばし黙っていたが、やがて大きく溜息をついた。

「恐れ入りました。そこまでお見通しとは」

　光之助は、おずおずと聞いた。

「お役人は、その話をご承知なのですか」

「いいえ、それはまだです」

　青木の言い方から察するに、奉行所は隠し財産など想像に過ぎないと思っているはずだ。光之助は少し安堵したようだが、まだ迷っている様子である。

「久慈屋殿、何かご存じなら、今話しておいた方がいいのではないかな」

山際が促すと、光之助は再び、前より大きく溜息をついた。

「丹後屋さんが闕所になってから、四日か五日、経ってからのことです。ちょっとした用事がございまして、店を閉めてから舅のところへ行ったのです。一人暮らしでいつも静かなのですが、その晩に限って他の人影が動いているのが見えました。何か物を運ぶようでしたので、手伝おうかと思ったのですが、どうも躊躇《ためら》われまして」

「何故、躊躇われたのです」

「何か、人目を憚《はばか》っているような気配があったのです。物を運ぶなら昼間にやるのが普通でしょう。暗くなってから、しかもなるべく大きな音を立てないようにというのは、いささか妙です」

「盗人とは、思わなかったのかな」

山際が聞くと、光之助はかぶりを振った。

「家の灯りで、舅がその人影と話しているのが見えたのです。それで、舅が呼んだ人なのだろうとは思いました」

「だが不審に思えたので、声はかけなかったわけか」

「左様でございます」

「何か運ぶ様子だったとのことだが、運び出すまで見ておられたのか。何を運んだのであろうな」

「はい、重そうな木箱を二つばかり」

山際はお美羽にちらと目を向けた。考えたことは同じらしい。

「久慈屋さん、その箱は何だと思われたか、正直におっしゃっていただけますか」

お美羽が膝を乗り出すと、光之助の額に汗が浮いた。「はい……」と呟きながら、なおも逡巡《しゅんじゅん》するようだ。が、とうとう諦めたように言った。

「今から思えば、丹後屋さんの隠し財産だったのではないかと」

お美羽は山際と顔を見合わせ、頷き合った。光之助は、とうとう認めたのだ。四日前に来たとき、光之助はお宝のことを尋ねると動揺を見せ、すぐ先々代の持ち主の方へ話を向けた。あれは、お美羽たちの目を逸らすためだったのか。

「運び込むのではなく、運び出していたのだな」

山際が念を押すと、光之助は「はい」と言い切った。

「荷を運んだ人に、心当たりはないのですか」

続いてお美羽が聞くと、光之助はまた口籠もった。それはつまり、心当たりがあるということだ。お美羽と山際は、光之助をじっと睨んだまま待った。

思った通り、光之助はほどなく名を告げた。

「駄馬と荷車を持って、荷運びをやっていた義助《ぎすけ》という男がおりまして、これが舅と付き合いがあったようで。おそらく、丹後屋さんに出入りしていた縁でしょう」

「どこにお住まいの人ですか」

「浅草材木町《ざいもくちょう》の辺りだったと思いますが、長く会っておりませんので……」

「わかりました。お探ししてみます」

光之助は、すっかり恐れ入った様子で小さくなっていた。もう充分だろう。お美羽は山際を促し、材木町の義助という名をしっかり頭に刻んで、久慈屋を後にした。

「聞いてみるもんですねえ。丹後屋さんの隠し財産が、本当にあったなんて」

お美羽は山際と歩きながら、成り行きに満足して言った。

「思ったよりあっさり、話してくれましたね」

「うむ。しかし、運び出された木箱が丹後屋の隠し財産だったという証しは、まだないからな」

浮かれかけているお美羽を抑えるように、山際が言った。

「青木さんに話して、はっきりさせてもらおう。自分の勘が当たっていたとわかれば、張り切って調べるだろう」

そうですね、とお美羽も言った。青木が本気でかかれば、義助とやらがどこへ荷を運んだかも、じきに探り出せるに違いない。

「ところでお美羽さん、久慈屋の店をどう見た」

山際が急に話を変えたので、お美羽は目を瞬いた。

「そうですね……あまり流行っているようには見えませんでしたが」

この前喜十郎と来たときもそう感じたが、今日も同様、他の客とは会わなかった。

そうだな、と応じて山際は先を続ける。

「奥の棚にあった硯を見たか」

「え？　はい。ずいぶん高価そうに見えましたけど」

棚に飾られていた硯は、四角いものだけでなく、丸くて複雑な模様が彫られたものも幾つかあった。あれでは墨をすり難いように思えたが、細工が立派なので値の張るものに違いあるまい。

「あれは唐硯《とうけん》。おそらく端渓硯《たんけいけん》だろう」

「はい？　唐硯というと、清国の硯ですか」

「そうだ。唐代の頃、つまり千年も前から、端渓硯は最高の硯として珍重されてきた。実用に供する安価なものもあるが、久慈屋の棚にあった硯には手の込んだ模様が彫られていた。あれは鑑賞のためのもので、墨をするものではない」

「飾って楽しむんですか」

「うむ。だから却《かえ》って値が張る。よくはわからぬが、久慈屋にあったものでも五両くらいはするのではないか」

お美羽は目を剝いた。そんな硯、すり減らしたら大変だ。唐の国の帝でもない身では、墨なんか怖くてすれない。

「だが、よく見るとそんな立派な硯なのに、艶がなかった。褪《あ》せている、と言ってもよかろう。手入れはしているのだろうが、だいぶ前からあそこに飾られたままなのではないか」

「はあ。それはつまり……」

お美羽は頬に手を当てて考える。

「売れる当てのない品を、大枚はたいて仕入れてしまった、ということですか。久慈屋さんは、商いの目利きが今一つなのかも、ってわけですね」

「かもしれん、というだけだが。初めから売るのではなく、店に飾るために買ったとも考えられるからな」

山際はそんな風に言ったが、表情を見る限り、腹の内で久慈屋の評価を一段下げたようだ。なるほど、さすが山際さんは見るところが違う、とお美羽は大いに感心した。


話をしているうちに、両国広小路にさしかかった。見世物や茶店などの小屋掛けが並び、いつも混み合う場所だ。ここを抜ければ両国橋で、後は真っ直ぐ北森下町に帰るだけだが、ふと思った。ここから左に道を取れば、浅草だ。

「あのう、山際さん」

何かな、と山際が振り向く。お美羽は左手の浅草御門を指した。

「ちょっと駒形町と材木町へ寄ってみませんか」

え、と山際が眉間に皺を寄せる。

「丹後屋の跡と、義助の住まいを見ようというのか」

「そうです。せっかくですから、見るだけでも」

山際はあまり乗り気ではないようだったが、まあ良かろうと御門の方に足を向けた。

浅草御門から駒形町までは十五町ほどあり、ちょっと寄る、と言うにはいささか遠い。

「勝手言いまして、済みません」

そう詫びたが、山際は自分も見ておきたいからと、文句を言わずについてきてくれた。お美羽を独りで行かせるよりは、と思ったのだろう。何だか山際さんには、勝手ばかりお願いしてるなあ、と自省する。

駒形町に着いたが、もちろん丹後屋は跡形もない。通りかかった年嵩《としかさ》のおかみさんに聞いてみた。

「ああ、丹後屋ね。そこだったんだよ」

おかみさんは、十間ほど先の角地を指差した。そこには、間口十間ほどの茶問屋と道具屋が並んでいた。

「もとは一軒の店だったんだけどね。ほれ、闕所になったろ。験《げん》が悪いし建物も古かったんで、一度壊して二軒の店を建てたのさ」

おかみさんは、丹後屋の一件をよく覚えているらしく、揶揄《やゆ》するような口調で教えてくれた。

「まったくあんな大店だったのに、おかしなことに手ぇ出しちゃって。どんなに羽振りが良くたって、商いなんてわかんないもんだねえ」

そんなことを言って、おかみさんはその場を去った。

「もうすっかり、過去の話か」

山際は、繁盛しているらしい二軒の店を見て、呟くように言った。もはや何も見るものが残っていないのを確かめると、二人は先に進んだ。

駒形町から材木町は、すぐだった。町家がぎっしり建て込んだところだから、駄馬なんかいたらすぐわかるだろうと思って、路地を覗き込んでみる。すると、いかにも馬小屋らしい建物がすぐに見つかった。馬一頭入ればそれっきり、というような小さなものだ。しかしその中に、馬の姿はなかった。そればかりか、飼い葉桶も引綱も見えず、地面に腐った藁《わら》が少し落ちているだけだった。

「馬、売っちゃったんですかね」

お美羽は小声で山際に言って、小屋の隣にある家に目を移した。馬小屋とくっついた家は、長屋の端に一戸継ぎ足したような形になっている。そこが義助の住まいだろう。奥の方は長屋で、井戸端に住人の姿も見える。

戸を叩いてみようかと思ったそのとき、家から若い女が一人出てきた。気配に気付いたかこちらを向き、お美羽たちと目が合うと、顔が険しくなった。

「誰だい、あんたたち」

お美羽が急いで言い訳を考えていると、先に山際が言った。

「ああ、こちらは荷運びの義助さんのところかな。仕事を、と思ったんだが」

女は、「はあ？」と顔を歪めた。

「何を言ってんだい。お父っつぁんなら、四年も前に死んだよ」

しまった、とお美羽は臍《ほぞ》を嚙んだ。そういうことも、考えておくべきだった。だが山際は、平然として照れたような笑みを浮かべた。

「そうだったか。義助さんのことを聞いたのは、五年余りも前だったからな。物を運ぶ用事ができてふと思い出し、来てみたんだが、そいつは済まなかった」

「見ての通り馬も荷車も売っ払っちまった。今はもう、荷物運びなんてやってないんだ」

女は、少し表情を和らげた。

「義助さんの娘さんですか」

お美羽が聞くと、女は頷いた。

「せい、っていうんだけど」

おせいはこの先の飯屋の手伝いをしているという。年はお美羽より四つ五つ上だろうか。鼻筋が通っていて眉が濃く、器量は悪くない。着ているのは、色落ちした木綿の格子柄だ。

「今はお一人ですか」

「ああ。亭主がいたけど、稼ぎが悪いくせに大きな口ばかり叩くから、追い出してやった」

おせいは鼻先で嗤《わら》った。この女が相手なら、菊造も万太郎も叩き出されるクチだろう。

「そんなわけだから、荷物のことなら他所《よそ》を当たりな」

おせいは、それだけ言ってさっさと通りへ出て行った。飯屋の仕事に行くようだ。そう言えば、そろそろ夕餉の支度にかかる刻限だった。

「今日のところは、ここまでだな。後は青木さんに任せよう」

山際が、潮時とばかりに言った。長屋の人の目がこちらに注がれているのに気付いたお美羽は素直に従い、路地を出て東《あずま》橋の方へ向かった。

翌日、山際と一緒に大番屋まで出向いて青木を摑まえた。隠し財産があったことがわかって喜ぶかと思ったが、光之助から聞いた一部始終を話すと、忽ち不機嫌になった。

「勝手に久慈屋に乗り込んで、吐かせたのか」

俺を差し置いて何をしてくれるんだ、と言いたいようだ。お美羽は身を竦めた。

「済みません。ちょっと先走ったようで」

「久慈屋には、日を改めて俺が話を聞こうと思っていたんだ。そこを素人のお前たちが」

八丁堀には八丁堀のやり方があるんだ、と青木は説教を続ける。お美羽は俯くしかなかったが、山際が取りなしてくれた。

「まあそう怒りなさんな。段取りは違ったかもしれんが、知りたいことは聞けたわけだから」

青木はむすっと山際を睨み返したが、青木も山際には一目置いており、飲み仲間でもあるので、この辺で矛を収める気になったようだ。

「次からは、俺に声をかける前に動くんじゃねえぞ」

青木は隅っこにいた小者に、茶を持って来いと怒鳴ると、仕切り直すように腕組みした。

「で、隠し財産らしい荷を運んだのは義助って奴に間違いねえのか」

「いや、それは確かめていない。当人はとっくに死んでるからな。おせいという娘が、何か知ってるかもしれんが」

「よし、その娘は俺が調べる。住まいは材木町のどこだ」

お美羽は詳しく場所を告げた。

「飯屋で働いてるそうですから、昼餉と夕餉の頃は留守だと思います」

「わかった。今から行きゃあ、摑まえられるだろう」

青木は小者が大急ぎで運んできた茶を一気に干すと、大小を摑んで立ち上がった。

「ずいぶん怒られちゃいましたねえ」

大番屋を出たお美羽は、溜息交じりに首筋を掻いた。山際は、あまり気にするなと言う。

「青木さんにすりゃ、お株を奪われた格好だからな。だが、すぐさま材木町に向かったところを見ると、自分が疑っていたことが明らかになって意気が揚がっているんだろう。奉行所での立場もあるから、今まで自分からは動き難かったのかもしれんし」

腹の底では、お美羽さんに礼を言ってるんじゃないかな、と山際は微笑んだ。

「だといいんですけど」

わからないことに白黒つけたがる性分は母方の祖父譲りで、今さらどうしようもないが、やっぱりもうちょっと控え目にしないとなぁ、と独りごちる。それでも、三日もすれば忘れてしまうのが常だった。だから縁遠いんだと、また欽兵衛に叱られそうだ。

両国橋を渡って竪川沿いに寿々屋の近くまで来たとき、反対の東の方から知った顔が二人、近付いて来るのが見えた。一人は喜十郎、もう一人は確か、柳島で会った本所吉田町の伝助だ。喜十郎は大概難しい顔をしているが、今日はまた一段と機嫌の良くなさそうな顔付きだ。伝助の方も、楽しそうには見えない。

山際がまず、二人の前に出て声をかけた。

「やあ、喜十郎親分に吉田町の親分。揃ってどうしたんだ」

喜十郎が難しい顔のまま眉を上げ、探るような目をする。

「山際さんにお美羽さんか。どこへお出かけでしたんで」

「もちろん浮いた話じゃありませんよ。大番屋で青木様にお会いしてたんです」

お美羽は丹後屋に隠し財産があったらしいことを告げ、詳しくは青木様に、とすぐに切り上げた。本当かよ、と驚く喜十郎に、山際が尋ねる。

「そっちは何かあったのか」

「ああ、それなんですが」

喜十郎に代わって、伝助が答えた。

「あっしの縄張りの清水町《しみずまち》に、船頭崩れの遊び人で八助《はちすけ》ってぇのがいるんですがね。そいつが例の柳島の家のことを、真泉堂の奴に話したってんで」

「え、お宝云々の話を、ですか」

今度はお美羽が驚いた。清水町の遊び人なんかが、どうして隠し財産のことを知っているんだ。

「ああ、まあそうなんだが、何か知ってて、ってんじゃねえ。根も葉もねえ噂話なんだ」

喜十郎は馬鹿馬鹿しいとでもいうような口調で、話した。

「そいつは庭石か何かをあの家に運ぶのを手伝って、駄賃を貰ったことがあってな。家の様子を知ってたんだ。で、寿々屋があそこを買ったって話を聞いて、あんな大店の旦那が住むような家じゃゃねえ、きっと何かあるんだぜ、なんてほざきやがったんだ」

酒を飲みながらそんなことを漏らしたら、たまたまネタを拾いに来ていた真泉堂の男が食い付いた。酒を奢《おご》られ、つい気が大きくなって、自分が勝手に考えたことをべらべらと喋ったらしい。

「何の証しもねえのに、お宝でも埋まってるんじゃねえか、なんて吹いたんだ。それを使って真泉堂が面白おかしくでっち上げたのが、あの読売ってわけさ」

伝助は噂の出所を当たっているうち、八助に行き着いたようだ。

「もし丹後屋の金があそこにあったってんなら、八助がそんなことを知ってるわけがねえ。まったく、瓢箪《ひょうたん》から駒って奴だな」

伝助は呆れたように首を振った。

「で、これから青木の旦那にお知らせしに行くとこだったんだが」

「青木様は材木町へ行きましたよ」

喜十郎と伝助は、そうかと顔を見合わせた。

「じゃあ、その辺で昼飯でも食いながら、頃合いを見計らうとしようぜ」

喜十郎が言うと、伝助はすぐに乗った。軽く一杯引っ掛けるつもりだろう。二人はお美羽たちに「じゃあな」と言って、両国の方へ向かった。

「山際さん。これ、どうなってるんでしょう」

お美羽は喜十郎たちの後ろ姿を見ながら、首を捻った。

「てっきり真泉堂は金で抱き込まれたと思ったんですが、違ったみたいですねぇ。ただ、儲かりそうなネタに食い付いただけかぁ」

「うむ。抱き込まれたかどうかはともかく、真泉堂はどこであの読売の材料を、と考えてはいたんだが……そういうことなら、一応得心はいくな」

「丹後屋の話が表に出たら、真泉堂の読売は正しかったって、また評判になっちゃいますね」

まさしく瓢箪から駒、いや、嘘から出た実《まこと》か。なんて運のいい奴らだ、とお美羽は歯軋《はぎし》りしそうになった。

八

日が暮れて、欽兵衛と一緒に塩焼きにした鯵と里芋の夕餉を終えた頃、長屋の方がざわついた。耳を澄ますと、菊造の声がする。お美羽は縁側から出て、長屋の方に行った。

菊造と万太郎が、井戸端にある床几《しょうぎ》に腰を下ろして荒い息を吐いている。だいぶ飲んでいるようだ。腰に手を当てて二人に何か言っていたお喜代が、お美羽に気付いて手招きした。

「お美羽さん、聞いてよ。この連中、真面目に何かやり出したのかと思ったら、もう飽きちまったみたいでさ。途中でやめて飲んできたんだよ」

やれやれ、心配した通りになったかとお美羽は嘆息した。修験者探しに行き詰まって、投げ出したらしい。お美羽は酒臭さに顔を顰めて、菊造に文句を言った。

「何やってんの。あんたたち、本気で探したの？　どうせ途中で面倒になったんでしょう」

「ひでえな。ちゃんと気を入れて見張ったさ」

菊造が言い返す。

「けど、ただ見張るだけじゃあなァ。いつ現れるのか、そもそも来ることがあるのか、それもわかんねえんだ。近所で幾ら聞いても、そんな妙な奴は見てねえって答えばっかりで」

万太郎も不満そうに言った。

「そんな根気のないことでどうすんの。最初はあんなに張り切ってたのに」

煽っても、二人の意気は揚がらなかった。お美羽も内心、当てもなく見張るだけで修験者風の男が見つかるほど甘くはないよな、と思う。だが、張り込みとはそういうものではないのか。普段の仕事を見るにつけ、この二人は根っから、根気の要ることには向いていないようだ。

「で、恒太さんは？」

「今日は見てねえよ。明日の昼、松井町の蕎麦屋で会うことになってんだが」

あちらは、駒屋と赤城屋について何か摑めただろうか。お美羽は、よし、と手を叩いた。

「明日、私も蕎麦屋に行くわ」

菊造と万太郎は、えっと目を丸くしたが、ほっとしたようだ。

「お美羽さんが来てくれるんなら、有難ぇや」

二人は腰を上げ、今日はもうおしまい、と家に入ってしまった。

「いいのかい、あの調子で」

お喜代が菊造たちを指して言った。お美羽も渋い顔になる。

「明日の話で、ちゃんと仕事に戻るよう言って聞かせるわ」

聞くかねえ、とお喜代は鼻を鳴らした。


次の日、菊造と万太郎は案の定、日が高くなるまで寝ていた。お美羽は二人を叩き起こし、長屋の掃除を手伝わせてから連れて出た。欽兵衛には出がけに、二人を早く本業に戻すよう釘を刺された。

松井町の蕎麦屋は、三日前にお美羽が恒太とお昼を一緒にした店だった。暖簾をくぐると、先に来ていた恒太が手を上げた。

「お待たせしちゃったかしら」

恒太の爽やかな笑顔を見て浮き立ちながら、板敷きに上がってさっと隣に座る。菊造と万太郎が、その様子を見てニヤニヤしている。

「いや、今来たところで何も注文してねえ」

恒太は店の娘を呼んで盛り蕎麦を四つ頼んでから、この三日のことを話し始めた。

「駒屋の進左衛門が四代目だってのは、知ってたよな。あいつは入り婿だ。他所の店にいたんだが、六年ほど前に駒屋に入ったんだ」

「六年前に婿入り？」

お美羽は首を傾げた。

「跡継ぎの息子さんは、十一になるって聞いたけど」

「ああ。跡継ぎは進左衛門の子じゃねえ。前の婿が、四代目を継ぐ前に死んじまったんだ。進左衛門は、その後釜に選ばれたのさ」

「へえ。それじゃあ、進左衛門と嫁さんの間に子ができりゃ、面倒なことになるんじゃねえか」

万太郎が、下世話なことを言い出した。恒太はかぶりを振る。

「そうなっても、前の亭主の子が跡を継ぐって決めた上での婿入りだ。だいたい、もし今から子を授かっても、上の子より年が十二以上も下になるんだぜ。上の子がまず継ぐのが当然じゃねえか」

なるほど、と万太郎も菊造も頷いた。

「赤城屋さんの方はどう？」

お美羽が促す。恒太はちょうど届いた蕎麦が目の前に置かれるのを待って、話した。

「あっちは、駒屋ほどにはよくわからねえ。旦那の昭吉郎《しょうきちろう》が、ほんの三年ほど前に開いた店だ。太物の行商をやってたのが、どうにか稼いで店を持つまでになったらしい」

「じゃあ二軒とも、柳島との縁はないのね」

「そうなんだ。もしかすると、赤城屋の昭吉郎は行商に行ったことがあるのかもしれねえが、そんな程度の縁じゃあ、あの家がどうのお宝がどうのって話にゃ、なるめえよ」

「その、お宝の話なんだけど」

お美羽は恒太に顔を寄せ、声を低めた。

「丹後屋の隠し財産があったのかもって話、この前したでしょう。あれ、どうやら本当にあったらしいのよ」

「えっ、本当かい」

このことを聞いていなかった菊造と万太郎も、恒太と一緒にびっくり仰天した。

「まさかとは思ったが、そいつは面白くなったな」

恒太は目を輝かせている。やっぱり読売屋さんだな、とお美羽は眉を下げた。正直、お美羽はこの話を恒太にしたものか、迷った。勝手に読売屋に話したと、青木にまた叱られそうな気がしたからだ。だが、早晩このことも表に出るだろう。真泉堂が鬼の首でも取ったみたいに得意になるのは、どうにも嫌だった。なら、先に商売敵の雁屋に流しておく方がましだ。恒太なら、真泉堂の鼻を明かせるかもと期待したのである。

「真泉堂は、このことを知ってたのか」

「いえ、知らなかったはず。あのネタの出元はね」

お美羽は続けて、喜十郎と伝助から聞いた八助という男の話をした。菊造と万太郎は、何だよそりゃ、と呆れ顔になる。

「そんないい加減なことから、あんな話をでっち上げたのか。真泉堂はふざけてるな」

菊造は鼻息荒く言ったが、恒太は困ったような顔をしている。

「それを言われると、読売屋としちゃ辛いところもあるな。うちだって、針の先みてえな話を千年育った杉の木にしちまうことは、結構あるから」

これを聞いた万太郎は、まァそういうのが読売だからなぁ、と腕組みして、わかったような顔で頷いた。

「で、早速雁屋の読売に載せるのかい」

菊造が聞くと、恒太は無論だと言いかけた。お美羽が急いで止める。

「八丁堀の青木様が、今お調べの最中なの。ここで読売が出ちゃうと、一騒動よ」

「そうなのか」

恒太は眉をひそめ、少し考えてから言った。

「お美羽さんに迷惑かけるわけにゃァ、いかねえな」

今すぐ書くのは止しておこうと、恒太は言ってくれた。お美羽は、ありがとうと恒太を拝む。いやなに、と恒太は照れたように手を振った。

「それに今はまだ、お宝がどこに移されたかわかんねえんだろ。それが全部わかってからなら、しっかりした読売が出せる。それでこそ、真泉堂の読売はいい加減な話だったと言ってやれるだろうぜ」

おう、その通りだと菊造が手を叩く。

「恒太はよくわかってるじゃねえか」

「当たり前よ。俺だって江戸っ子だ」

そうとも、と頷いてから、万太郎がおやと首を傾げた。

「お前、武蔵の桶川から出てきたって言わなかったか」

「あー、まあそうだが、半年も経ちゃ江戸っ子でいいだろう」

いくら何でも短過ぎらァ、調子のいい野郎だ、と菊造が手をのばして恒太の肩を叩く。恒太がむせて、お美羽は大笑いした。

ひとしきり笑ってから、ふっと思った。

「恒太さん、駒屋の進左衛門さん、他所の店から来たって言ったよね」

急に真顔に戻ったお美羽を見て、三人が訝しむ。

「ああ。それが何か?」

「どうしてお店を移ったのかしら」

「そりゃあ、駒屋の先代に見込まれて、縁談を持ちかけられたんじゃねえのか」

菊造が何でもないように言う。普通ならそんなところだろうが、何か引っ掛かった。そこで恒太が言った。

「いや、前の店が潰れて移ってきた、とか聞いたぜ。二年ほど働いて、先代の信用を得たんだ」

婿入りが六年前。その二年前に店を移ったとすると……。

「もしかして、だけど」

お美羽は自分の顔が硬くなるのがわかった。

「その潰れたお店って、丹後屋さんじゃないの」


恒太は大急ぎで蕎麦をかき込み、畜生、そのことは思い付いて当然だった、と口惜しそうに言った。

「俺も読売屋としちゃ、まだまだだな」

恒太は自分の頭を叩いて、飛び出すように蕎麦屋を後にした。駒屋と丹後屋の繋がりを確かめに行ったに違いない。

「元気のいい奴だなあ」

菊造がのんびりした口調で言った。

「俺たちは、どうしたもんかな」

万太郎が、お美羽の顔色を窺うようにしている。修験者を追うのは、もうやめようと言いたそうだ。

「修験者を諦めるんなら、ちゃんと本職の仕事に戻ってよ。ぐうたらしてたら、店賃どころか明日の飯代も稼げないわよ」

「そりゃあそうだが、もともと仕事にあぶれてこんなことやってるわけで……」

菊造がくどくどと零《こぼ》した。お美羽に言わせれば、自分から仕事を取りに行かないからいつまでもあぶれているのだが。

「まだ修験者を探す気なら、ちょっとは頭を使いなさいよ。ぼうっと相手が現れるのを待つんじゃなく、跡をたぐるのよ」

「え、たぐるって?」

「そいつが寿々屋さんに来たのは八日前。私、そのときすれ違ってるの。そいつ、確か両国橋の方へ行ったわ。道筋で聞き回れば、覚えている人が見つかるかも。それを順番に辿るのよ」

万太郎が、なあるほど、と手を打った。

「うまく辿れば、奴のヤサに近付けるかもってわけか。さすがお美羽さんだ」

「両国の方か。人通りの多くなる方角だな」

菊造はあまり乗り気でないのか、考え込んでいる。それを万太郎が急《せ》かした。

「考えても始まらないぜ。とにかく、当たってみようや」

万太郎に腕を引かれた菊造は、不承不承立ち上がって店を出て行った。稼ぎに繋がるかはわからないけど、何かにやる気を出してくれれば、ぐうたらしてるよりはいいだろう。出来の悪い倅を見るような目で、お美羽は二人を見送った。

そこでお美羽は、恒太を含め誰一人、蕎麦の代金を置いていかなかったのに気付いた。


松井町から入舟長屋へ帰ろうと六間堀川沿いの道を南に下った。南六間堀町の角を曲がろうとしたとき、角地にある番屋から聞き馴染みの声がした。お美羽は足を止め、番屋の戸を叩いた。

「喜十郎親分、こちらですか」

中から、おう、と応える声がしたので、戸を開けた。上がり框《がまち》に座っていた喜十郎と伝助が、お美羽に挨拶代わりの頷きを寄越した。何やら話し合っていたようだ。

「何だか不機嫌そうな顔だな」

喜十郎にからかうように言われ、咳払いする。

「蕎麦代を四人分も払う羽目になっちゃって……いえ、そんなことはいいんですけど、お揃いでどうしたんですか」

伝助が、どうするというように喜十郎の顔を見た。喜十郎はちょっと躊躇ったが、まあ座れ、とお美羽に向かいの長床几を指した。お美羽は、済みませんと腰を下ろす。

「さっき、青木の旦那に呼ばれたんだ」

「何か新しいお指図でしたか」

「ああ。あんたが聞き込んだ、荷運びの義助って奴のことだ」

あ、そのことか。それなら是非聞いておきたい。お美羽は背筋を伸ばした。

「娘のおせい、二十六になる年増だが、青木の旦那がこいつを番屋に呼んで、いろいろ聞いてみたんだ。するってぇと、八年前のある晩、義助が駄馬と荷車を曳いて出かけ、丸一日戻って来なかったことがあったそうだ。行き先も言わず、どこの仕事か聞いても答えなかった。そんなことは後にも先にもそれ一度しかなかったんで、覚えてたとさ」

「まあ。それじゃあ、久慈屋の光之助さんの言った通りだったんですね」

「まず間違いはねえだろう。だがな、肝心の荷を運んだ先だが、おせいにもさっぱり見当がつかねえそうだ」

当時おせいは十八、追い出したという前の亭主と一緒になる前で、義助の仕事を手伝っていたようだが、この件に関しては一切教えてもらえなかったという。

「義助さんと克善さんは、よく知る仲だったんですか」

「ああ。丹後屋は近いから、小口の仕事をよく請け負ってたそうで、番頭だった頃の克善とも親しかった。その縁で、克善が柳島に引っ越すときも義助が手伝ったようだ。それ以後も、何度か柳島に行ったことがあるはずだとおせいは言ってた」

「じゃあ……隠し財産を丹後屋から柳島に運んだのも？」

「ああ、義助だったかもしれねえな。何でもねえ荷物に見せかけてよ」

お美羽が聞いた話を頭でまとめていると、伝助が口を挟んだ。

「とにかく、隠し財産の運び先がわからなきゃ、どうしようもねえ。で、青木の旦那が俺たちに、八年前に柳島から荷車が出るところを見た奴が近所にいねえか、木戸番なんかで覚えてる奴はいねえか、虱潰《しらみつぶ》しに当たれって言うのさ」

伝助は、げんなりした顔だ。容易なことではない、と承知しているのだ。

「何しろ八年前の話だ。覚えてる奴がいるかってぇと、望み薄だな」

「けどまァ、他に思い付くこともねえんだからしょうがねえ。地道に当たるまでさ」

伝助より年嵩の喜十郎は、腹を括ったように言った。その上で、愛想笑いのようなものを浮かべて、お美羽の顔を覗き込む。

「あんた、何か考えはねえか」

あら、また私を使おうっていうの。都合のいいときだけ、そんな顔するんだから。

「何かって言われても、今聞いたばっかりですし」

代わりに、寿々屋に来た修験者のことを聞いてみた。喜十郎は「はァ？」と顔を顰める。半ば忘れかけていたようだ。

「あれっきり寿々屋には来ねえんだろ。じゃあ、放っとくしかあるめえ」

どうやらあいつを追っているのは、菊造と万太郎だけのようだ。もういいか、とお美羽は立ち上がりかけたが、思い付いて言ってみた。

「ねえ親分、義助さんは、次の日の夕方に家に帰ったんですよね。朝じゃなく」

「ああ、おせいはそう言ってたようだが」

「ほとんど丸一日ですね。普通に進んでも、片道で五、六里（一里＝約四キロメートル）は行けたんじゃないでしょうか。江戸の外、だいぶ先ですね」

「行ける範囲が広過ぎるってんだろ」

だから容易じゃねえんだ、と伝助は溜息をつく。

「でも、そんな先まで独りで夜通しお宝を運ぶなんて、不用心過ぎませんか」

夜も更け、人通りも絶えた街道で独り荷車を進めるというのは、かなり異様だ。誰かに見咎められたり、賊に襲われたりする危険が大きい。喜十郎と伝助もそれに気付き、眉を上げた。

「遠くまで行ってねえってぇのか」

「どこかに泊まったのかもしれませんよ。空いた寮とか、古寺とか。日が高くなって人通りが増えてからの方が、目立たないんじゃないですかね」

伝助の顔が、引き締まったように見えた。

「探す先を、絞れるかもしれねえな」

喜十郎も、頷いた。

「よし。それらしい場所に当たりを付けよう」

喜十郎はお美羽に向き直ると、「おう、もう帰っていいぜ」と言った。何よ、聞きたいこと聞いたら帰っていいぜ、ですって。私を何だと思ってるの。お美羽はむかっ腹を立て、ろくに挨拶もせず番屋を出た。出るとき、力任せに戸を閉めたので、隣町まで届くほどの音が響いた。


入舟長屋に帰り、干してあった洗濯物を片付け、しゃがみ込んで少し傷んできた羽目板の具合を見ていると、菊造と万太郎が帰ってきた。日暮れには間があるせいか、飲んではいないようだが、表情はげんなりしている。

「なんだ、もう帰ってきたの。何か摑んだにしちゃ、冴えない顔ね」

皮肉交じりに言ってやると、菊造が何度もかぶりを振った。

「出だしからさっぱりだ。寿々屋から竪川沿いに回向院の辺りまで、二、三軒の店で聞いてみたんだが、八日前のことなんざ誰も覚えちゃいねえ」

けんもほろろの扱いを受けたようだ。それにしても諦めが早いじゃない、とお美羽は顔を顰めてみせた。

「二、三軒で尻尾を巻いちゃうなんて、根気がなさ過ぎよ。で、明日からどうすんの。ちゃんと本業に戻るんでしょうね」

「まあ、そうしようとは思うんだが」

菊造が頭を掻く。どうも当てにならない。

「考えたんだが、義助って奴だったか、柳島からお宝を運んだのは」

そっちを当たった方が、と言いかけるのを、ぴしゃりと止めた。

「それは青木様が直々にお調べよ。あんたたちの出る幕じゃないよ」

菊造はおとなしく引っ込んだが、万太郎は食い下がった。

「おせいって娘がいるんだよな。どんな女だい」

「どんなって……」

お美羽はつい、会ったときの様子を話した。

「なるほど。二十六の年増で、亭主はいなくて、顔立ちもまずまずってか」

万太郎の目尻が下がり、逆にお美羽の目尻が吊り上がった。こいつ、何を考えてるんだ。

「そういう気の強い女は、八丁堀に十手を向けられたりすりゃ、意固地になっちまうかもしれねえ。ここは一つ、腹を割って話をしてみちゃどうだろう」

「はァ？　まさかあんたがおせいさんのところに行くつもり？」

しまった。万太郎は女好きだ。おせいさんの話なんか、詳しくするんじゃなかった。

「ま、ちょいと探りを入れるくらい、やってみて損はねえだろ」

万太郎は菊造の方を向いて、どうだいと言った。菊造は気乗りしないようだ。

「俺は、気の強い女は苦手だ」

どうして私の顔をちらっと見るんだ。

「浅草材木町だったよな。よし、これからちょいと行ってみらァ」

万太郎はさっと背を向けると、何だか浮ついた足取りで長屋を出て行った。もう日が暮れるからやめときな、というお美羽の声は、耳に届かなかったようだ。今から行っても、おせいは飯屋に働きに出ていて留守だろうに。

これがとんでもない災いになるとは、その場の誰一人、思いもしなかった。

九

翌朝、朝餉を終えて長屋に行ってみると、ちょうど起き出した菊造が家から出てくるところだった。昨夜飲まなかったせいか、菊造としてはまあまあ早い方だ。

「おや菊造さん、寿々屋さんのためにとかいって走り回るのは、もうやめかい」

井戸端にいたお喜代とお糸が、菊造に笑いかけた。

「ああ、もうやめだ。素人が慣れないことをやっても、大したこたァできねえ」

素人云々より、根気が足りないせいでしょう。そう言ってやると、菊造は渋い顔をし、お喜代とお糸は揃って大きく頷いた。

「ところで万太郎さんは」

おせいのところに本当に行ったのか、聞こうと思ったのだが、菊造は首を傾げた。

「そう言や、昨夜は帰ってこなかったみてぇだな」

お喜代とお糸も、顔をみていないと言う。

「日暮れ前に出かけて、それっきりかい。またどっかで酔いつぶれてるんじゃないか」

珍しくもない、とばかりにお喜代が言った。普段ならその通りなのだが……まさか、おせいさんのところでしっぽり、なんてことにはなってないだろうけど。

ちょうどそのとき、喜十郎が長屋の木戸を入ってきた。皆が一斉にそちらを向く。

「喜十郎親分、おはようございます」

挨拶をしたが、喜十郎はむっつりしたまま軽く頷きを返しただけだった。お美羽は眉をひそめた。こんな朝早く喜十郎が来るのは珍しい。そのうえ、ひどく難しい顔だ。

喜十郎はお美羽に近付いて、低い声で言った。

「話がある。欽兵衛さんはいなさるかい」

「ええっ、万太郎がお縄に？　しかも殺しの罪で」

喜十郎の話を聞いて欽兵衛は仰天し、色を失った。

「ど、どうしてそんなことに」

「どうもこうもねえ。野郎、死骸の横で気を失って寝てたんだからな」

喜十郎はその場の様子を詳しく話した。殺しの詳細など若い娘の前では控えるものだが、喜十郎にとってお美羽はそういう配慮の外にあるらしい。

「殺されたおせいは、首を絞められてた。青木の旦那はお怒りだ。丹後屋の例のお宝についておせいが何か隠してたとしても、もう聞けやしねえからな」

喜十郎はお美羽の方に目を向ける。

「万太郎は、おせいからお宝の話を聞き出すつもりだったんだな。ついでにあわよくば口説こうと」

「ええ、その気だったようです。うまくいくとは、ちょっと思えませんでしたけど」

「ああ、うまくいかなかったからこうなったんじゃねえのかい」

喜十郎は、どうして万太郎を止めなかったのかと責めるようにお美羽を見ている。それについては、お美羽も臍を噛んでいた。

「でも親分、万太郎は女の首を絞めるなんて、そんな度胸はないと思うんだが」

青い顔のままで欽兵衛が言った。それはお美羽も同感だ。

「普段はそうだろうが、場の勢いってもんがあるからな」

喜十郎によると、おせいは家の畳敷きで仰向けに倒れていたそうだ。首に絞められた痣《あざ》があり、着物の裾が大きくはだけて両脚の腿が剝き出しだった。激しく抗ったためとも見えるが、手籠めにしようとしたとも見える。

「青木の旦那の見立てじゃ、お宝について聞き出そうとしたが何も喋らないので、手籠めにして言うことを聞かせようとした。だが抗われ、勢い余って首を絞めちまった、ってことだ」

聞いた限りの様子では、無理からぬ見立てだ。だが、それに収まらないこともある。

「万太郎さんは、どうして死骸の横で気を失ったりしたんです」

「それがだな。棚から落ちてきた味噌甕《みそがめ》が頭にぶつかって、ぶっ倒れちまったんだ」

「はい？」

お美羽は一瞬、ぽかんとした。

「いったいどうして味噌甕なんか……」

さすがに欽兵衛も啞然としている。呆れるのも当然だな、と喜十郎は言った。

「万太郎は、おせいが死んじまったことに驚いて飛びのいた。その勢いで背中から壁にぶつかり、壁が揺れて上の棚に載っていた甕がちょうど頭の上に落ちたんだ」

「なんで棚の上にそんなものが」

「台所に置き場がなくて、棚に上げてあったらしい」

たまたま棚にあった甕が、ちょうど頭に？

「あのう、いくら何でも間が抜け過ぎてると言うか、都合が良過ぎるというか……」

困惑したお美羽が漏らすと、喜十郎も「だよな」と頷いた。

「しかし、万太郎は頭を棚の下にして倒れてた。その横にひびの入った甕が転がって、味噌がこぼれ出てた。格好からすると、間違いあるめえ」

それだけで決めつけていいものか、とお美羽が考えていると、欽兵衛が言った。

「万太郎は、何て言ってるんだい」

まさか、殺しを認めたのか、と迫ると、喜十郎は渋面になる。

「殺《や》ってねえ、と。昨日の日暮れにおせいの家に行ったが、留守だったんで、頃合いを見て出直した。どう話を切り出そうかと迷って、元の馬小屋の脇にあった樽の陰でしばらく様子を窺ってると、いきなり後ろからガツンとやられた。で、目が覚めたら何故か畳の上で、横を見たら女があられもねえ格好で死んでた。そんな風に言ってやがる」

「目が覚めてすぐ、逃げなかったのかい」

「それが死骸を見てでっかい悲鳴を上げちまって、長屋の連中が飛び出して来て、あっという間に取り押さえられたってことだ」

やれやれ、と欽兵衛とお美羽は嘆息した。

「聞いた限りじゃ、万太郎さんの言うことの方が、当人らしい振舞いだと思いますが」

「そうかもしれねえが、だからって万太郎の話を頭から信用できるもんか」

「青木様は、万太郎が下手人で間違いないとお見立てなんですね？」

お美羽が念を押すように聞いた。喜十郎は「そうだ」と答えたが、口元が僅かに歪んだ。ははあ、とお美羽は考える。青木も一応辻褄の合う見立てをしたものの、どこか得心できないところが残っているのだ。

「お父っつぁん」

お美羽は欽兵衛の方を向いて座り直した。

「これは放ってはおけないわ。万太郎さんがおせいさんのところに行ったのは、寿々屋さんの柳島の家から始まった話のため。私だって無論、関わりがある。何とかしなくちゃ」

「え、おい、お美羽……」

欽兵衛が言いかけると、喜十郎が先に声を上げた。

「あんた、また引っ掻き回そうってぇのか。御上の御用に勝手に……」

「親分だって、万太郎さんを知らないわけじゃないでしょう。あの人は女好きでぐうたらかもしれないけど、手籠めにして首を絞めるなんて、金輪際できる人じゃない。嵌《は》められたのよ、これは」

この前、似たような話があったでしょう、とお美羽は畳みかけた。以前、入舟長屋に住んでいた指物職人が、女殺しの罪を着せられそうになったことを指しているのだ。あれは手の込んだ仕掛けで、お美羽と山際が解き明かさなければ危ないところだった。

「おいおい、あれとは成り行きが全然違うだろうが」

その一件でお美羽に助けられた格好の喜十郎は、慌てて手を振った。

「罪のない人が陥れられようとしてるのは、同じでしょう。目が覚めたら隣に死骸があった、っていうのもね」

「だからって一緒にするのか。万太郎が無実だって決めつける気かよ」

喜十郎が目を怒らせる。が、どこか歯切れが悪い。お美羽はそこにつけ込んだ。

「親分、青木様は何か気になることがおありなんじゃないですか」

喜十郎は、ぐっと唇を噛んで目を逸らした。図星だったようだ。

「もし違っていたら、寝覚めが悪いでしょう。そこはやっぱり、確かめないと」

珍しいくらい生真面目で公正な青木は、全てに得心がいかないと罪人を小伝馬町《こでんまちょう》送りにはしない。並の同心なら、打たれ弱い万太郎はとっくに拷問で殺しを自白させられていただろう。丹後屋、ひいては柳島の流れで青木が扱っているというのは、天の配剤だ。

「どうですか、喜十郎親分」

欽兵衛がはらはらするのも構わず、お美羽は迫った。喜十郎も口には出さないが、お美羽にはいろいろと借りがある。無下にはできないはずだ。

「……頭の傷だ」

とうとう喜十郎が、根負けしたように呟いた。

「傷がどうしたんです。甕が当たったように見えないとか？」

「そうだ。甕にしちゃ、当たって腫れたところが長細い感じでな。それに、棚から万太郎の頭までは、中腰だったとしても二尺（一尺＝約三十センチメートル）ぐれえだ。その高さから落ちた甕が当たっても、気絶するほどとは……」

ま、当たり所が悪かったのかもしれねえが、と喜十郎は繕うように付け足した。

だがお美羽には充分だ。

「つまり、樽の陰にいた万太郎さんを誰かが棍棒《こんぼう》か何かで殴って、気絶した万太郎さんを物陰に隠し、おせいさんを殺した。いや、おせいさんは先に殺されてたのかもしれませんね。とにかく万太郎さんを家に運び入れ、甕を落として小細工をした。こういう筋書きもあり得ると青木様はお考えなんですね」

「ちょ、ちょっと待て。そんな詳しくは言ってねえぞ」

喜十郎は慌てて言ったが、お美羽はもう決めていた。その誰かを探し出さなくてはならない。欽兵衛は止めるのも忘れて、目を白黒させた。

読売の雁屋は間口七間ほど。真泉堂より小さいかと思ったが、奥行きはだいぶありそうだ。店先で物を売る商いではないから、客らしき姿はないが、人の出入りは多い。今しも新しい読売が刷り上がったところらしく、読売の束を抱えた売り子が次々と、店から小走りに出て行った。

動きに一段落ついた、と思えたところで、お美羽は山際と一緒に暖簾をくぐった。浪人者と若い娘という取り合わせは、読売屋を訪れるには珍しいらしく、一仕事終えて体を伸ばしていた刷り職人たちが一斉に目を向けてきた。

「はい、どんなご用でしょう」

番頭風の男が応対に出てきた。

「邪魔をして済まぬ。恒太殿に会いたいのだが」

はあ恒太ですか、と番頭は怪訝な顔で二人を見比べた。新参の恒太への客などは、滅多にあるまい。座敷へ通すまでもないと思ったのか、番頭はお美羽たちを土間に待たせて奥へ入った。

「あっ、こりゃあお美羽さん、わざわざどうも」

ネタを集める下働きの溜まりは、作業場の向こうにあるらしい。恒太は愛想笑いを浮かべながら急ぎ足で表に出てきた。

「恒太さん、お店まで伺ってごめんなさい。こちらは……」

山際を紹介しようとすると、恒太は訳知り顔で制した。

「山際さんですね。お噂はお美羽さんから。ここじゃなんですから、近くの店に参りやしょう」

恒太は返事も待たず、お美羽たちを急き立てるように通りに出た。

「ネタに関わる話を雁屋でするのは、ちょっと。他の連中も聞いてやすから」

恒太は一町ほど先の茶店を指し、言い訳するように言った。仲間同士でも、ネタの取り合いや競い合いなどがあるのだろう。

表から見えない奥の板敷きに座り、さて何でしょうと恒太が聞いた。山際がお美羽を目で促す。お美羽は膝を乗り出すようにして、話し始めた。

「今朝早く、万太郎さんがお縄になったの」

ええっと恒太が目を剝いた。おせい殺しの咎でと聞くと、飛び上がりそうになる。

「ああ、店を出てきて良かった。こんな話、他の連中に聞かれたらあっという間に読売にされちまう」

その言葉を聞いた山際が、お美羽を見て微笑んだ。お美羽も、ほらねとばかりに微笑みを返す。

お美羽はここへ来る前、山際に万太郎のことを話して、恒太の手を借りると言ったのだ。山際は一件を聞いてもちろんひどく驚いたが、同時にそんなことを読売を生業とする者に話していいのか、と顔を曇らせた。その懸念はもっともなので、お美羽は恒太が信用できることを懸命に説いた。山際も、お美羽さんがそこまで言うならとついて来てくれたのだが、不安は残っていたようだ。だが、今の恒太のひと言で、信用できると承知したらしい。

「それで、いったいぜんたい、どうなってるんです」

恒太が先を急かした。お美羽は喜十郎から聞いた話を全部語った。

「へぇえ、こいつはまいった」

聞き終えた恒太が、目を丸くする。

「お美羽さん、岡っ引きの親分にそこまで喋らせたのかい。もしかして、うちの商売の方が向いてるんじゃねえか」

「いえいえ、そういうことじゃなく。南六間堀の親分さんとは、いろいろあって」

さすがにそれ以上詳しくは、言わないでおく。

「そうかい。まあいいや。で、あんた方の見立て通りなら、その万太郎を嵌めた奴が本当の下手人ってことか」

恒太は少し腕組みして考えてから、続けた。

「そいつはやっぱり、丹後屋の隠し財産に関わってる奴だろうな。おせいが何か知ってるに違いねえと思い、口を割らせようとしてしくじった。でなきゃ、口を封じようとした。そういうことだな」

山際が、ほう、と目を見張った。

「さすがは読売屋だ。呑み込みが早いな」

「いや、こいつはどうも」

恒太は照れ笑いを浮かべて頭に手をやった。

「けど山際の旦那、そいつが誰なのかはさっぱりだ」

「恒太さんは、駒屋と赤城屋を調べたんでしょう。そっちとの関わりはどうなの」

「え？　ああ、調べてみた。あんたが思った通りだ。駒屋は、もと丹後屋の手代だ。

店があなっちまってから幾人かの伝手を頼って、駒屋に入ったらしい。抜け荷には手代の下の者は関わっていなかったとお裁きではっきりしたから、何とか食い詰めずに済んだんだ」

「赤城屋さんの方は」

「そっちはまだ調べきれてねえ。だが行商人になる前のことは、自分からは喋ってねえようだ。だから赤城屋が丹後屋の手代か何かだったとしても、おかしくはねえ」

そこで山際が言った。

「お美羽さんは、もと丹後屋の手代だった二人が手を組んで、隠し財産を我が物にしようと企んだのではないか、と疑ってるんだな」

お美羽は、ええ、と頷く。

「今のところ、それが一番ありそうに思えるんですけど」

ふうん、と恒太が唸った。

「だとすると、連中はつい最近、隠し財産があったことに気付いた、ってことになるが」

どういうきっかけで摑んだんだろうな、と恒太は首を捻る。

「しばらく前から気付いていたのかもしれない。克善さんが死んで、柳島の家はいつでも家探しできると踏んでいたのが、寿々屋さんに売られたので慌てて動き出したんじゃないの」

「それだと、奴らは隠し財産が柳島にあるって思い込んでたことになる。義助やおせいのことは、知らなかったわけだ。もし連中がおせいを殺ったなら、おせいについては、いつどうやって知ったんだ」

「それは……」

考えてお美羽は、背筋がうすら寒くなる。

「私たちやお役人の動きを見張ってたのかも」

そうかもな、と恒太も苦い顔つきになった。

「或いは」

そこまで黙って聞いていた山際が、言った。

「まだ他にいるのかもしれんな」

恒太が、あっと呻《うめ》く。

「例の修験者らしい奴ですね。畜生、もっと性根入れて探すんだった」

「それだけとは、限らんぞ」

山際が、意外なことを言った。

「丹後屋の縁者でまだ生きている者が、何人かいるだろう。例えば、跡取りだった倅はどうなのだ」

恒太ばかりかお美羽も、目を見開いた。正直、そこまでは考えていなかった。

「ですがその……そこまで探すとなると、あっしらだけじゃ」

手に余る、と恒太は困惑顔になった。山際は、いやいやと手を振る。

「そういうこともあり得る、というだけの話だ。全部当たっていては、万太郎を救うには間に合わん。まず手近でできるところからだ」

恒太は膝を打ち、わかりやしたと頭を下げた。

三人はその足で、本郷に向かった。赤城屋についての調べは駒屋ほど進んでいないが、今となっては時が惜しい。直に当たろうと山際が言い出したのである。お美羽と恒太は、一も二もなく賛同した。

赤城屋は、中山道《なかせんどう》の表通りに面した、いい場所にあった。と言っても、間口四間ほどの小さな店だ。まずお美羽が、暖簾をくぐった。

店には番頭と手代が一人ずつ。番頭は中年の女客の相手をしている。帳場に座るのは、主人だろう。皆が揃ってお美羽たちに、「いらっしゃいませ」と挨拶した。

「あの、こちらのご主人は。少々お話し申し上げたいことが」

お美羽が切り出すと、手代は迷うように帳場の方を見た。やはりそちらが主人なのだ。主人は手代に頷いて立ち上がると、お美羽たちの前に膝をついた。

「赤城屋昭吉郎でございます。どのようなお話でしょう」

昭吉郎は童顔丸顔の駒屋進左衛門とは反対に、やや細面で上背があった。だが年恰好は同じ四十前後と見えた。お美羽は変わった客に首を傾げる様子の昭吉郎に顔を寄せ、囁くように言った。

「丹後屋さんのことで」

直截《ちょくせつ》なひと言が功を奏したようだ。昭吉郎の顔が忽ち強張《こわば》り、「奥へどうぞ」と立ち上がった。お美羽たちは番頭と手代の訝し気な視線を身に受けながら、奥へ通った。

客間として使っているらしい八畳間で、三人は昭吉郎と向き合った。

「なかなかいい場所に店を構えておられるな」

まず山際が言った。

「たまたま居抜きで手に入りましたので」

昭吉郎は手短に応じた。愛想や世間話に付き合うつもりはなさそうだ。まず素性を尋ねてきた。

「皆様方は、どういう」

「本所相生町の寿々屋さんに、お世話になっている者です」

寿々屋と聞いて、昭吉郎が「ああ」と呟きを漏らした。

「なるほど。柳島の家の関わりですな」

ならば仕方ない、というように二、三度頷く。

「丹後屋のこと、とおっしゃいましたのは」

ぶつけた以上、はっきり尋ねるしかない。お美羽は大きく息を吸って、切り出した。

「あなたと同時に柳島の家を買いたいと申し出られた駒屋さんは、闕所になった丹後屋さんの手代だったことがわかっています。あなたもそうなのでしょう」

断じるように言うと、昭吉郎は目を逸らしかけたが、溜息をついて小さく頷いた。

「左様でございます。駒屋さんは、手代仲間でした」

やはりそうでしたか、とお美羽は言った。

「ではやはり、丹後屋さんの隠し財産を取り出すために、柳島の家を買い取ろうとなさったのですね」

昭吉郎の顔が、青ざめた。

「そこまでご存じでしたか」

肩を落とす昭吉郎に、山際が迫った。

「全部、話していただけるかな」

昭吉郎はもう一度大きく溜息をつき、諦めたように話し始めた。

「駒屋の進左衛門さんと私は、抜け荷については一切、知りませんでした。あれは何もかも、旦那様と一番番頭さん、二番番頭さんの三人だけでなすっていたのです。三番番頭より下の者は、お内儀も含めて誰も聞かされておりません」

役人が来て、店の何もかもを差し押さえたときは、ほとんどの者は寝耳に水だったという。三番番頭と筆頭の手代は、知らなかったとはいえ責任を問われ、江戸十里四方所払いとなったが、それより下の者はお叱りで済んだそうだ。裁きとしては、やや甘めだろう。

「ほとんどの者、か」

山際が顎を撫でて、言った。

「ひょっとして、昭吉郎殿と進左衛門殿は、薄々勘付いておられたのかな」

「それは……」

昭吉郎は俯き加減になった。

「聞かされていないとはいえ、それなりに長く勤めておりましたら、不穏なものは何となくわかります。帳面にない品が持ち込まれ、出て行ったことが時々ありました。妙に思って一番番頭さんに尋ねましたら、他所様からのお預かりの品とのこと。得心はいきませんでしたが、それ以上は聞けずに終わりました」

なので役人が踏み込んだときは、来るべきものが来た、と観念した。

「幸いと申しますか、私どもは罪を免れました。奉公人は散り散りになり、お内儀は当時十三だった若旦那を連れて、武州のご親族のところへ。もう行方のわからぬ者もおります」

「進左衛門さんとは、ずっと繋ぎを取っておられたのですか」

お美羽が聞くと、昭吉郎は「はい」と認めた。

「進左衛門さんも、店で怪しげな動きがあることに気付いておられましたので」

「それで、隠し財産のことはいつ知ったのかな」

山際が最も大事なことを聞いた。昭吉郎は一瞬口籠もったが、隠しはしなかった。

「お役人が来る十日余り前のことです。旦那様が克善さんをお呼びになりました」

「ふむ。隠居した克善殿を呼ぶことは、度々あったのかな」

「はい。永年丹後屋を守ってきたお方ですから、旦那様が商いのご相談をなさることが、何度かございました。ただ、あのときはいつもと違い、ひどく深刻なご様子でした」

克善はこれまでと変わらぬ様子で店に来たが、主人と一番番頭の三人で長い間話し込み、その間、誰も近付けなかった。夜になって帰るとき、夕餉も断り、いつもなら奉公人たちに愛想よく声をかけるのだが、ひと言も喋らないまま硬い顔で店を出た。昭吉郎たちはそれを見て、相当深刻な話だったのかと不安になった。

「克善殿は、その日に初めて抜け荷のことを聞いたのだな。丹後屋は、役人の手が迫っていると気付き、善後策を克善殿に相談したのか」

「おっしゃる通りかと思います」

「つまり、そのときに丹後屋さんと克善さんとの間で、財産を隠すことが話し合われた、というわけですね」

お美羽が確かめると、昭吉郎はこれにも頷いた。

「はい。店が潰れてからしばらくして、進左衛門さんと話し合いまして、あれはそうだったに違いなかろうと。と申しますのも、克善さんが来られて三日後の夜中、奉公人が寝静まっている間に、蔵からこっそり何かが運び出されたようなのです。たまたま寝付けずにいた進左衛門さんが、物音を聞いてそうっと様子を見に行き、それに気付きました。指図をしていたのは、旦那様でした」

「運び出していたのは、千両箱ですか」

「それは確かめられなかった、ということです。何しろ、夜中ですから。ですが後で考えれば、金だったことは間違いないでしょう」

残念ながら、抜け荷で蓄えられた金がどれほどあったのか、裏帳簿の存在を知らなかった昭吉郎たちにはわからないそうだ。

「二千両か三千両、と思うのですが、証しはございません」

「運んだのは、材木町の荷運び人、義助さんですね」

昭吉郎は片方の眉を上げた。

「それもご存じでしたか。はい、進左衛門さんが言うには、暗くて顔は見えなかったが背格好と体つきは間違いなく義助だ、と」

お美羽は、山際と恒太と交互に顔を見合わせ、よしと頷いた。

「その隠し財産ですが、丹後屋さんは捕まれば自分は獄門とわかっていたはず。後を克善さんに託した、ということでしょうか」

「はい。おそらく、ほとぼりが冷めてから、若旦那に隠し財産を託して、お店を再興してもらおうとのお考えだったのでは」

「お内儀と若旦那は、その財産のことを聞いているのでしょうか」

「さあ……それは私にはわかりかねます」

言ってから昭吉郎は、気付いたように慌てて付け足した。

「もちろん、私と進左衛門さんが手を組んで、若旦那の知らないうちに隠し財産を横領しようなどと考えたわけでは、決してございません。柳島の家を買おうとしたのは、あくまで隠し財産が回収できなくなってしまうのを避けるためでございます」

「いえ、そこまでは申しておりません」

とは言ったものの、お美羽もまず考えたのはそれだった。昭吉郎も進左衛門も当然否定するだろうが、横領の意思が全くなかったかどうかは、お美羽には何とも言えない。

「駒屋さんとわざわざ二人して同時に買い取りを申し出たのは、何故《なにゆえ》かな」

その山際の問いには、思った通りの答えが返ってきた。

「二人別々に持ちかければ、そんなに人気のある家ならどちらか高値の方に売ろう、と寿々屋さんがお考えになるかと思ったからです。今から思えば、浅はかでした。却って寿々屋さんのご不審を招いてしまいました」

そう、そのせいで私たちはここにこうしているわけよ、とお美羽は内心で呟いた。

「そうですか。では、こういうお方にお心当たりは」

お美羽は修験者風の男のことを話した。が、昭吉郎は首を捻るばかりだった。

「いえ、まったくわかりません。なぜそんな男がわざわざ。もしや、本当に災いの種を法力で感じ取ったということでしょうか」

確かに隠し財産の騒動は災いではあるが、あれがそんな真っ当な修験者とはどうしても思えなかった。が、今それを言っても仕方がない。

「それじゃあ赤城屋さん、その義助ってぇのが、丹後屋さんの闕所から四、五日後に柳島から隠し財産を運び出したってのは、ご存じなかったんですかい」

それまで黙っていた恒太が、いきなり聞いた。「えっ」と昭吉郎が目を剝く。

「お役人が旦那様をお縄にしてから、闕所の御沙汰までひと月ほどです。それでは、せっかく柳島に運んだ財産を、ほんの一月余りで他所に移したというのですか」

「克善さんの婿の久慈屋さんが、たまたま目にしたそうなんで」

「それは……旦那様が克善さんに、そうするよう指図なさっていた、ということでしょうか」

そこまで言ってから昭吉郎は青ざめ、「まさか克善さんが……」と呻くように言った。克善が隠し財産を預かり、ほとぼりが冷めてからお内儀と若旦那にそのことを告げて引き渡す役を担っていたなら、横領するのはいとも簡単だ。丹後屋主人と二人の番頭が処刑されれば、克善以外に隠し財産のことを知る者はいないのだから。だが丹後屋もそういう危険は熟慮した上で、克善なら信用できると思ったからこそ託したのだろう。

「それは何とも言えぬ。わからぬことがまだ多い」

山際が宥めるように言い、昭吉郎は「左様でございますか」と一息ついた。

「でも義助は、運び先を知っているのですよね。話してくれそうですか」

山際がかぶりを振る。

「残念ながら、義助はもう亡くなっている。しかも、何か知っていたかもしれない娘のおせいも、昨夜、何者かに殺された」

「なんと……」

昭吉郎は絶句した。

「その殺しは、やはり隠し財産に関わっておりますので」

だろうな、と山際が答える。何と恐ろしい、と昭吉郎が身震いした。

「いったい何者の仕業でしょう」

お美羽は身じろぎした。今この場で、万太郎のことを言う気はない。

「それがわかればな」

山際が言うと、昭吉郎はがっくりとうなだれた。

「それでは、隠し財産の行方を知る人はもはやいないのですか」

何ということだ、と昭吉郎は膝に置いた手を握りしめた。

十

恒太と別れて入舟長屋に戻ると、住人たちが待ち構えていた。皆、一様にひどく心配そうな顔をしている。

「お美羽さん、万太郎さんがお縄になったって、いったいどうなってるんだい」

息せき切るようにして、お喜代が聞いた。

「落ち着いて。確かにしょっぴかれたけど、まだお調べの最中よ」

「いや、しかし、かなり厄介な話なんだろ。殺しのあった家で捕まったとか」

栄吉が眉間に皺を寄せて言う。それに答えようとしたとき、栄吉の後ろから菊造がおずおずと出てきた。

「す、済まねえ。俺があいつのことを止めてりゃ、こんなことには」

いつものお気楽さは影を潜め、すっかりしょげ込んでいる。

「いったい万太郎の奴、何だってそんなところに行ったんだ。最初は寿々屋の旦那の面倒事を収めて小遣いにする、ってなことを吹いてやがったが、お前ら何を企んでた」

栄吉はじろりと菊造を睨む。そのまま締め上げようとする様子に、お美羽が割って入った。

「待って待って。私にも、ついその気にさせちゃった罪がある。とにかく万太郎さんの濡れ衣を晴らさなくっちゃ」

「なこと言われても……」

菊造が情けない声を出す。どうすればいいか、途方に暮れているのだ。

「次の一手を考える。だからみんな、落ち着いて」

お美羽は皆を宥めると、山際に目配せして一緒に家に入った。

家の座敷では欽兵衛が、これまた途方に暮れた様子で座り込んでいた。二人が入って行くと、びくっとしたように顔を上げた。顔色が、ずいぶんと青い。

「ああお美羽、山際さんも。どこへ行ってたんだね」

「取り敢えず、疑わしい人のところへ行ってみた。じっとしてるわけにいかないもの」

お美羽は、山際と恒太の三人で赤城屋を訪ねたことを話した。いきなり乗りこんだのか、と欽兵衛は呆れ顔になったが、「で、どう思ったね」と縋《すが》るように聞いた。

お美羽はかぶりを振る。

「赤城屋さんは、おせいさん殺しを聞いてびっくり仰天してた。それ以前に、義助さんが死んだことさえ知らなかったみたい。様子からすると、嘘じゃなさそうね。駒屋さんと組んで動いていたのは認めたから、駒屋さんも同様に、おせいさんのことは知らないんでしょう」

「それじゃ、修験者風の男についてはどうなんだい」

「これだけ追っかけて手掛かりが全然ないの。いきなり現れていきなり消えた、って感じ」

欽兵衛は何を思ったか、身震いした。

「まさか天狗の類いじゃあるまいね」

何を馬鹿な、と言いかけると、山際が言った。

「考えられるのは、その場限りの扮装だった、ということだな」

ええ、とお美羽は山際の方を向く。

「私もそう思います。寿々屋さんに現れる直前に修験者の身なりに着替え、用が済んだら物陰に入って、さっと早変わり。被り物の下は、普通の町人髷《まげ》だったんでしょう。そうして人混みに紛れれば、もう見つかりません」

「じゃあ、宇兵衛さんが怪我したのを見るか聞くかして、それを使って柳島の家は良くないと吹き込むだけの役目だったのかね」

欽兵衛が首を捻りながら問うのに、お美羽は「そうよ」とあっさり答える。

「家を売らせるよう持って行く、という狙いが同じである以上、駒屋も赤城屋も偽修験者も、仲間であろう。赤城屋は知らぬと言っていたが、おせい殺しを聞いたときの驚きに比べると、少々わざとらしい気がしたな」

それについて山際は、かなり疑わしく思っているようだ。

「つまりその、丹後屋の奉公人だった連中が、柳島の家に隠した財産を手に入れようと企んだのが、今回の騒動の始まりだった、というわけかね」

　寿々屋さんも、あの家を買ったばかりに酷いとばっちりだ、と欽兵衛は嘆息した。

「手代たちが、大それたことを。恩ある主筋の財産を狙うなんて」

「それなんだが……」

　山際が腕組みをし、考えながら、という風に切り出した。

「元手代の二人や三人が語らって動いたにしては、少々手が込んでいるような気がする。後ろに誰か、将たる者がいるのではないかな」

「段取りを決めて指図している親玉、ですか」

　お美羽は大きく頷いた。それは薄々、お美羽も感じていたことだった。駒屋、赤城屋、偽修験者がそれぞれに動くには、全体の絵図を描いて役を割り振る者がいないと難しいはずだ。

「何者でしょう」

「最も考えられるのは、さっき欽兵衛さんが言った人物だな」

　え？　とお美羽は眉をひそめたが、すぐ思い当たって手をぽんと叩いた。

「恩ある主筋。つまり、お内儀と武州へ行ったという、丹後屋の若旦那」

山際が笑みを浮かべた。

「柳島の家が売られたのを知って、これを機に財産を取り戻し丹後屋を再興する、という名分のもとに集まった。それなら得心がいく」

なるほど、と欽兵衛が膝を打った。顔色がだいぶ良くなっている。

「じゃあやっぱり、その連中がおせいさんを」

「いや、それはどうかな」

山際が疑念を呈すると、欽兵衛の顔がまた曇った。

「財産の運び先を吐かせたうえで口を塞いだとしたら、穏便に柳島の家を買おうとした連中にしては、いささか荒っぽ過ぎる。それに、運び先がわかったのならすぐ取り戻しに動くだろうに、そんな様子もない」

「御役人が言っていたように、吐かせるつもりが力が入り過ぎて、というのは」

自分で言ってから、欽兵衛は身震いした。

「いや、喋らせずに殺しては元も子もない。もっと慎重にやるだろう」

ではいったいなぜ、と考えて、お美羽ははっとする。

「もしかして……元丹後屋の人たちを邪魔しようとしている誰かがいる？」

山際が、得たりと頷いた。

「それを考えておくべきだろうな」

「何と」

欽兵衛は唖然としている。

「もし本当にそんな厄介なことになっているなら、お美羽、もう危ないよ。後は青木様と喜十郎親分にお話しして、控えていなさい」

「お父っつぁん、何言ってるの」

お美羽は目を怒らせた。

「いくら青木様でも、証しが何もないのに動いてくれるわけないでしょう。今は誰の目から見ても、万太郎さんが下手人なのよ。私たちで何とかしない限り、獄門台へ送られちゃう。そうなってもいいの」

「い、いや、いいわけがない」

欽兵衛は、焦ってぶんぶんと首を振った。長屋から獄門首が出れば、一大事だ。長屋の住人みんなも、ご近所から白い目で見られる。大家としての欽兵衛の評判は地に墜ち、家主の寿々屋にも顔向けができなくなる。何より、無実の罪で獄門になる万太郎は、死んでも死に切れまい。

「だったら、私のやること黙って見てて。お願い」

お美羽はきっぱり言い切ると、口をぱくぱくさせている欽兵衛を尻目に立ち上がった。

裏から一緒に出た山際が、お美羽に苦笑を向けた。

「いや、父親相手に啖呵《たんか》を切るとは、さすがはお美羽さんだ。腹が据わっている
な」

「よしてください。つい勢いであんなこと言っちゃって」

お美羽は、自分でも顔が真っ赤になるのがわかった。山際は、万事控え目の妻、
千江と比べてさぞ呆れていることだろう。

「で、次はどうするか、考えているのか」

「ええ。材木町のおせいさんの長屋で、何か見聞きした人がいないか当たろうか
と」

「その辺は、青木さんも喜十郎親分も調べているのではないか」

「それはどうでしょう。万太郎さんという、格好の下手人が初めから見つかっているんです。詳しく裏付けを取る手間はかけていないと思います」

それもそうだな、と山際は頷いた。

「では私は、青木さんを摑まえて今の考えを話しておこう。食い付くかどうかはわからんが」

山際は気を付けるようにお美羽に言って、自分の家に戻ろうとしたが、ふと足を止めた。

「お美羽さん。丹後屋の若旦那は、店が闕所になったとき、十三だったと赤城屋が言っていたな」

「え？　ええ、確かに。今は二十一、ってことになりますね」

「ふむ……ちょうど雁屋の恒太と同じ年恰好だな」

え？　とお美羽は眉根を寄せた。

「桶川も、武州だな」

ぽつりと漏らしてから、山際はふっと笑って肩を竦めた。

「いや、考え過ぎだ。さすがにそれは、な」

　山際は、忘れてくれと言うように手を振ると、家の障子を開けて中に入った。父上、お帰りなさいという香奈江のはしゃぎ声が聞こえた。


「ここかい、その殺しのあった長屋は」

　次の日の朝、お美羽と一緒に材木町に来た菊造は、その長屋の木戸脇にある馬小屋の跡を、珍しそうに指した。確かに、こんなものがくっついている長屋はそうそうあるまい。

「そうよ。その小屋の隣にあるのが、おせいさんが住んでた家」

　指差してやると、体つきの割に度胸のない菊造は、身を竦めた。

「で、どうするんだ。まさか、勝手に家に入らねえよな」

「そこまではしない。用があるのは、あっち」

　お美羽は井戸端にいるおかみさんたちを目で示し、菊造に待っていろと告げてそちらに歩み寄った。

「こんにちは」

　お美羽が声をかけると、洗濯しながら額を寄せて話し合っていたおかみさんたちが、一斉に顔を上げて訝し気な目付きでお美羽を見た。

「お邪魔して済みません。そちらのおせいさんが、亡くなったって聞きまして」

そのひと言で、おかみさんの一人がお美羽の顔を思い出した。

「ああ、あんた四、五日前におせいさんを訪ねて来たよね」

四十くらいのおかみさんは、顎で小屋の陰にいる菊造を指した。

「この前は、ご浪人と一緒じゃなかったかい」

「ええ。今日は下働きの使いっ走りを連れてます」

菊造に聞こえないように言い、自分はさるところの大家の娘で、父が昔、義助さんに縁があったのだと話した。

「つい先日会ったばかりなのに、何があったのかと」

「何がって、そりゃああんた……」

おかみさんたちは顔を見合わせたが、身の回りで起きたこれほどの一件、吹聴せずにはおれないようだ。害のない相手と見てか、内緒話のように声を低めて喋り出した。

「殺されたんだよ。男にね」

お美羽は、まあ何てこと、と大袈裟に驚いて見せた。

「何があったんですか」

「よくわからないけどさ、そこはそれ、男と女だろ」

おかみさんは、訳知り顔に指を立てた。どうも、万太郎がおせいの新しい男か何かだと思っているらしい。

「深い仲の男だったんですか」

いやいや、とおかみさんが顔の前で手を振る。

「死んだ人のことをあんまり言いたかないけど、身持ちがいいとは言えなかったからねえ」

どうやら、亭主を追い出した後のおせいの男出入りは、結構盛んだったらしい。

「時々、男と喧嘩する声が聞こえたよ。そういう人さね」

「じゃあ、殺されたときも喧嘩の声が？」

「え？　あれ、どうだったかな」

惑い顔になったところで、別のおかみさんが助け舟を出した。

「何すんだ、とか叫ぶのが聞こえたよ。あと、どたばた騒ぐ音も。夜も遅いってのににまたやってるよ、と気にしなかったんだけどね」

おかみさんの顔つきからすると、声がしたとき様子を見に行けば良かった、という後悔と、巻き込まれずに済んで良かった、という安堵が胸の内で綯《な》い交ぜになっているようだ。

「何刻頃《なんどき》のことですか」

「さあ、五ツ（午後八時）か五ツ半（午後九時）頃じゃなかったかな。あたしゃもう布団に入ってたから」

「男が逃げていく音は、しなかったんですか」

「だってその男、夜中にすごい悲鳴を上げて、飛び出してきたんだよ。長屋のみんな、それで飛び起きちまって。外へ出てみたら、おせいさんの家の前で男が腰抜かしたまま、逃げようとしてるのが月明かりではっきり見えてさ。うちの亭主が走ってって取り押さえたんだよ」

おかみさんは、少し自慢げに言った。

「そいつも間抜けでさ。飛び出したはいいものの、足がもつれちまって、逃げられなかったんだよ。情けないねえ」

いかにも万太郎らしい、とお美羽は不謹慎にも笑いそうになった。

「しかもお役人の話じゃ、そいつおせいさんを殺してから落ちてきた甕が頭に当たって、しばらくのびてたらしいじゃないか。間抜けにも程があるよ」

「……変ですね」

お美羽は首を傾げて見せた。おかみさんは、えっと眉を上げる。

「どこが変なのさ」

「だって、気絶から目覚めたときに死骸を見て、どうして悲鳴なんか上げたんでしょう。自分が殺していたなら、驚くことはないのに」

「それは……頭を打ったせいで、殺したことを忘れてたんじゃないの」

言ったものの、表情からすると、おかみさんも都合が良過ぎると思っているようだ。

「確かに、悲鳴を呑み込んで誰にも気付かれないようにして出て行くのが、当たり前だよね」

さらに一人のおかみさんが、口を挟んだ。その言葉に、最初のおかみさんがふと考える顔つきになった。

「思い出した。そう言や、まだ変なことがあるよ」

お美羽も含め、皆がそのおかみさんに「何なの」と顔を向けた。

「あの晩、おせいさんの声と騒ぐ音がしてからしばらくして、戸を開け閉めする音が聞こえたんだよ」

そうか。このおかみさん、おせいが男と揉めてるのを痴話喧嘩と思って、聞き耳を立ててたんだ。

「それは、おせいさんの家から？」

「だと思う。ただ、開け閉めする音は、ちょっと間を置いて三度、あったんだ」

「三度？」

「ああ。それも、一度目と三度目は裏の障子で、二度目は表の障子だったように思うんだよ。誰か出入りしたんだと思ったけど、おせいさんも下手人の男も、ずっと家の中にいたわけだろ。じゃあ、誰が」

それからもうしばらく、おかみさんたちの話に付き合ったが、それ以上の手掛かりらしきものは出なかった。お美羽は礼を言って長屋を後にし、待っていた菊造について来いと合図した。

「ようお美羽さん、何かわかったのかい」

「ま、ちょっと面白そうなことがね」

お美羽は歩きながら、おかみさんが聞いた戸の開け閉めの音のことを話した。さすがに勘が鋭いとは言い難い菊造も、意味を解したようだ。

「それはつまり、誰かもう一人、あそこに出入りしたのがいたってことかい。そいつが本物の下手人だと」

「そう。そいつはおせいさんを訪ねて、財産の隠し場所を聞き出そうとしてもみ合いになる。でもって、勢い余って首を絞める。これはまずいと裏から逃げかけたのが、一度目の開け閉め。それからそうっと表に回ったところで、隠れて様子を窺っていた万太郎さんに気付く。そこでこれは使えると、殴って気絶させ、家の中に運び込む。これが二度目の開け閉め。それから小細工を終え、逃げたのが三度目の開け閉めよ」

「おっと、さすがだなあ」

菊造が手を叩いた。

「じゃあ早速、八丁堀の旦那にその話をして……」

「馬鹿ねぇ。戸の開け閉めの音だけで、青木様たちを動かせるわけないでしょう。そいつが誰なのか、突き止めないと」

菊造の眉が下がる。

「ああ、そうか。けど、どうやって」

「この界隈で、殺しのあった夜五ツ頃にあの長屋へ向かった奴を見た人がいないか、探すのよ。そのためにあんたに来てもらったんだからね」

ええっと顔を顰める菊造に、万太郎の身の証しを立てられなくていいのかと迫った。菊造はぐうの音も出ず、お美羽に言われるまま、裏手に当たる大川沿いの材木町河岸の方へ駆けて行った。


お美羽の方は、表側になる雷神《らいじん》門前広小路の方を当たってみた。だが、思うほど簡単にはいかなかった。こちらは浅草寺の表参道で、夜でも開いている料理屋、茶屋、居酒屋が幾つもあり、五ツ頃であっても人通りは少なくない。怪しい者が一人ぐらい通っても、気付く人は滅多にいないだろう。だが、灯りが多いため顔を晒すことになる。用心深い奴なら、それを嫌って材木町河岸の方を通ったかもしれない、とお美羽は考えた。

半刻ほどかけて、おせいの長屋への路地の入口周辺の店で聞き込んでみたが、やはり何も摑めなかった。仕方なくお美羽は、風雷神門（雷門）から右に回り、東橋の手前で材木町河岸に折れた。菊造はちゃんとやるべきことをやっているだろうか。舟で運ばれた荷を揚げる浅草寺の物揚場を過ぎ、竹町之渡しの乗り場にさしかかったとき、菊造が土手を上って来るのが見えた。お美羽は立ち止まって手を振る。

「菊造さん、こっち」

声に気付いた菊造が、さっとこちらを見た。その顔を見てお美羽は、おや、と思った。先ほどまでと違い、妙に意気軒昂だ。何か見つけたな、とお美羽はにんまりする。

「うまくいったみたいね」

声をかけてやると、菊造は胸を反らした。

「ああ、仕上げを御覧《ごろう》じろだ」

「ネタは」

「そこに浅草寺の物揚場があるだろ」

　菊造は、お美羽が歩いてきた方を指した。

「そこの人足がな、荷揚げに手間取って片付けに夜までかかっちまったんで、一杯やって帰ろうと歩き出したのが、ちょうど五ツの鐘が鳴った後だ。するってえと、この辺で商人風の羽織を着た男とすれ違った。けど門前広小路と違って、こっちは開いてる店がねえから、夜はそんな風体の奴は滅多に通らねえ。しかもそいつは、提灯を持ってなかった」

「提灯？　でもあの晩なら、月明かりで歩くのに不自由はなかったでしょう」

「ああ、その通りだが、だからって羽織姿の金のありそうな商人なら、屋号入りの提灯くれぇ持ってそうなもんじゃねえか。で、そいつもちょっと変だな、と思って、振り返ったんだ。そうしたら、そいつの姿はもうなかったってさ」

　姿がなかった？　幽霊みたいに消えたわけではあるまい。とすると……。

「材木町への路地を入ったのね」

　違《ちげ》えねえぜ、と菊造はニヤリとする。

「念のため渡し守に聞いてみた。さすがにそういう奴があの晩、渡し船に乗ったりはしなかったそうだが、物揚場の人足とは知った仲だ。あの晩、その人足らしいのが商人風の男とすれ違うのは、見ていたそうだぜ」

よし、とお美羽は握った拳を振った。断言は無論できないが、そいつが怪しいのは間違いあるまい。

「顔はわからないの」

「おいおい、夜五ツで、提灯なしだぜ。幾ら月明かりでも、顔までわかるもんか。まあ、年寄りじゃなかった、ってことぐれえだな」

それはそうだ。提灯を持っていなかったのは、屋号や紋を覚えられたくなかったのと、顔を提灯で照らしたくなかったからだろう。

「わかった。でかした、菊造。たまには役に立つじゃない」

お美羽は、菊造の背中をどん、と叩いた。菊造は照れ笑いを浮かべる。

「ま、まあ俺だって、やるときはやるさ。で、ちゃんと働いたわけだからその、店賃の方をだな」

お美羽の顔が、忽ち強張る。

「それとこれとは、別」

菊造は盛大に溜息をついた。

十一

おせい殺しについて、怪しい奴が出てきたと聞いた欽兵衛は、安堵の笑みを浮かべた。

「そうかい、そうかい。菊造にしちゃ、珍しく役に立ってくれたんだねえ」

「お父っつぁん、店賃まけてあげようなんて、仏心起こしちゃ駄目よ」

お美羽に釘を刺され、欽兵衛は咳払いで誤魔化した。

「それに、そいつがどこの誰なのかわからない限り、これ以上追いかけられない。これじゃあ、まだ青木様は得心なさらないでしょう。次はまた別の方を攻めないと」

「別の方、かね」

欽兵衛は落胆したような声を出した。無理もない。今のところ、青木はまだ万太郎を小伝馬町送りにはしていないが、得心のいかないところがあるからと言って、そう何日も待てるものではない。吟味方からさっさとしろと催促されているだろう。小伝馬町に送られたら、もう何があろうと、ひっくり返すのは難しい。

「それで、どこを」

「うん。おせいさんを殺した奴は、隠し財産があることを知ってるわけでしょう。でも、丹後屋の人たちとは別らしい。とすると、どうやって財産のことを知ったか。もしかすると、克善さんのところから漏れたのかもしれない」

「じゃあ、克善さんの周りを調べるのかい。もう亡くなっているのに」

「どう進めるか、恒太さんと相談してみる。夕餉はちょっと遅くなるかもだけど、辛抱してね」

今帰って来て、煮売り屋で買った昼餉の飯と煮物をかき込んだばかりだというのに、お美羽はもう立ち上がった。普段なら、嫁入り前の娘がなんて落ち着きのない、と欽兵衛に窘められるところだ。

雁屋を目指して歩きながら、お美羽は昨日、山際が言ったことをもう一度考えた。まさか、恒太が丹後屋の若旦那などということがあるだろうか。一致しているのは、年恰好と武州から来た、ということだけ。さすがに無理があるのでは。

でももし、などとつい考える。恒太が丹後屋の跡取りで、首尾よく隠し財産を手にして、丹後屋を再興できたらどうなるだろう。恒太はまだ独り身。お店の再興に、私は大きく役立ったことになる。恒太の態度からすると、憎からず思ってくれているのは間違いないと思う。ひょっとして、ひょっとする？　新しい丹後屋のお内儀に？

勝手に顔が火照り、うわあ、と変な夢を手で振り払った。駄目よ、そんなに都合良く運ぶわけない。それに大事なことを忘れてる。闕所の財産を隠してしまうなんて、そもそもが犯罪じゃん。御上に知られたら、店の再興どころかお縄になってしまう。でも、どうだろう。財産はどこかに消えたってことにして……。

いかんいかん、と今度は両手で頬を叩いた。今は万太郎を助け出すのが第一。他のことを考えちゃ駄目。しっかりしなくちゃ、とお美羽は両腕を振り回した。通行人がこのお美羽の一連の動きを見ていたら、狂人と思っただろう。

雁屋に行くまでもなかった。仙台堀にかかる海辺橋まで来たところ、恒太が橋を渡って来るのが見えたのだ。

手を振ると、すぐに気付いた恒太が駆け寄ってきた。

「恒太さーん」

「お美羽さん、雁屋に行くところだったのかい。丁度良かった」

「ええ。恒太さんは」

「ネタ集めに出てきたところで。言っちゃなんだが、俺も柳島と丹後屋のことだけに関わってるわけにもいかなくて。何せ、まだ新参だから」

頭を掻きながら、この先の霊巌寺《れいがんじ》の門前に茶店があるから、そこでと言われ、お美羽は喜んで従った。

「克善さんの周りを？ なるほど、そいつァもっともだ」

お美羽の話を聞いた恒太は、得たりとばかりに頷いた。

「隠し財産の話の出所としちゃ、他にねえだろうからな。しかし……」

勢い込んだものの、恒太ははたと首を捻る。

「せっかく隠したお宝を、克善さん自身が誰かに漏らすってのはどうかなァ」

「そこなのよ。言いたくはないんだけど、もしかして……」

お美羽は敢えて語尾を濁して、恒太の顔を覗き込む。恒太はちょっとどぎまぎしたようだが、間もなくお美羽の言わんとすることを悟った。

「克善さんが、誰かと組んで横領を働いたかもしれねえ、ってんだな」

「それよ」

お美羽は険しい顔になって先を話した。

「赤城屋さんの話からすると、隠し財産を克善さんに託したことは、旦那さんと番頭さんしか知らなかったらしい。旦那さんたちが獄門か死罪になった後、克善さんは隠し財産を自由にできる立場になったわけでしょう。ふっと魔がさしたんじゃないかな」

「それで義助を抱き込み、新しい隠し場所に金を運ばせたのか」

話の組み立てとしちゃ、筋は通ってるな、と恒太は腕組みする。

「しかしお内儀と若旦那は。店を再建しようとするなら、この二人だろ。だったら旦那が、克善さんに財産を預けたと話してるんじゃねえのかい」

「それはそうかも。でも、時機が来るのを待って克善さんの方からお内儀に財産があることを話す、という段取りだったのかもしれない。こればかりは、お内儀に聞かないとわからない」

「ふうん。克善さんをそこまで信用してたのかねぇ」

恒太は首を傾げながら言った。

「それだけ信を置いてくれた丹後屋の旦那たちを裏切ったとしたら、克善って奴は許せねぇな」

一本気の江戸っ子のような憤りが、恒太の顔に浮かんだ。

「よし。克善の周りにツルんでた奴がいたかどうか、探ってみらァ」

恒太は任せろとばかりに膝を打ってから、しげしげとお美羽の顔を見た。お美羽は急に落ち着かなくなる。

「な、何？　私の顔に何かついてる？」

「ああ、いや、そうじゃなくて」

恒太は顔を赤らめて少しばかり視線を逸らした。

「何てぇかその、お美羽さん、そんなに綺麗なのにすごく頭も回るんだなって感心しちまって」

「え、やだそんなぁ」

お美羽は慌てて手を振った。

「みんなからは、ただのお節介って言われてるのに、買い被っちゃ駄目よ」

そんなことを言いながらも、つい顔が上気してしまう。

「ああ、と、とにかく克善が悪い奴なら、正体暴いてやらなきゃな」

恒太は額の汗を拭うようにして、立ち上がった。


さすがに恒太に丹後屋の若旦那なのでは、なんて聞くことはできなかった。しかしさっきも含め、これまでの恒太の様子を見る限り、とてもそうは思えない。やっぱり飛躍し過ぎか、とお美羽は額を叩いた。

それにしても、とお美羽は思い出し笑いを浮かべる。恒太さんたら、すっかり赤くなっちゃって。案外、初心《うぶ》じゃない。面と向かって綺麗と言われたお美羽は、ふわふわ浮いた足取りで入舟長屋へ戻って行った。


だが、長屋に戻った途端、そんな浮ついた気分は吹き飛んでしまった。お美羽が戻ったのを見計らったかのように、喜十郎が難しい顔をして現れたのだ。

「おう、お美羽さん、いたか。良かった」

万太郎の一件で、長屋の仕事もそこそこにしょっちゅう出かけているのを承知のうえか、喜十郎は安堵したような声を出した。

「親分、どうしたんだい」

後ろから出てきた欽兵衛も、喜十郎の顔色から良くない話と気付き、顔を強張らせている。喜十郎は座敷へどうぞと言うのを断り、その場で告げた。

「万太郎が小伝馬町送りになる。たぶん、明後日の朝だ」

えっ、とお美羽は絶句した。

「じゃあ青木様も、もう万太郎さんを下手人と決めたんですか」

この前の喜十郎の話では、青木はまだ得心していないとのことだったが。それを言うと、喜十郎は苦々しそうに言った。

「正直、俺だって万太郎は知らねえ仲じゃねえんだ。奴を下手人だとは思いたかねえ。だが、他にこれと言って疑わしい奴がいない以上、青木の旦那も吟味方にさっさとしろと言われりゃ、いつまでも抗えねえ」

青木が得心できるまで調べをおろそかにしないのは、他の同心や吟味方からすれば、石橋を叩いても渡らない慎重居士に見え、苛立ちを募らせてしまう。青木もいつまでも我を通すわけにはいかないのだ。しかし明後日の朝となると、万太郎の無実の証しを見つけるのに、丸一日ちょっとしかないことになる。

「親分、聞いて下さい。万太郎さんの他にも、怪しい奴が」

お美羽は焦って、これまでにわかったことを話した。だが案の定、喜十郎は感心しなかった。

「男出入りの多かったおせいのことだ。そういう奴が、たまさかあの日に来てたとしてもおかしくはねえ。まして、材木町河岸で見られただけで、おせいの家に入るのを見られたわけじゃねえんだろ」

せめてそいつがどこのどいつかわかってりゃ、話の聞きようもあるがな、と喜十郎は言った。もっともな話なので、お美羽も言い返せない。

「このままいけば、獄門か」

欽兵衛はすっかり消沈している。もう打つ手がないと、諦めているのだ。

「お父っつぁん、しっかりして。まだ一日あるのよ」

お美羽はまだ降参するつもりはなかった。喜十郎は溜息をついて、まあ俺は止めねえけどな、とだけ言うと、そのまま帰って行った。

もう日は暮れかけている。夕餉の支度にかからなければならないが、何も手につきそうになかった。

「とにかく、克善さんの周りを恒太さんが調べてくれてるから、そこで何か出るかも」

「何かってお前、あと一日しかないんだよ。それで何かわかるとは……」

情けなさそうに言う欽兵衛の腹が、ぐうと鳴った。こんなときでも腹は減るらしい。欽兵衛は恥ずかしそうに俯いた。仕方がない。他に今すぐ動く当ても思い付かないので、お美羽はまな板で汁物に入れる菜っ葉を刻み始めた。と、そこへ外から声がかかる。

「お美羽さん、ちょっといいかな」

山際の声だった。お美羽は包丁を置いて、戸口に出た。

「今しがた喜十郎親分と行き合ってな。聞けば、万太郎は明後日にも小伝馬町へ送られるとか」

深い懸念で、眉間に皺が寄っている。お美羽は、そうなんですと肩を落とした。

「恒太さんが調べ回ってくれていますけど、間に合うかどうか」

手短に話すと、山際は「ふむ」と考え込む様子になった。

「克善さんの周りを、な」

お美羽は、おや、と思った。山際には、何か気になるところがあるようだ。そのまま待つと、山際は思案する様子で言った。

「実はちょっと考えがある。お美羽さん、明日の朝、付き合ってもらえるかな」

「え？　はい、もちろんです」

今は何にでも縋りたいお美羽は、一も二もなく言った。


次の日は山際の手習いが休みの日で、お美羽は朝一番で千江と香奈江に見送られながら、山際と一緒に入舟長屋を出た。

「どちらへ行くんです」

二ツ目通りを竪川の方へ歩く途中でお美羽が聞くと、すぐ答えが返ってきた。

「林町四丁目の、岩代屋《いわしろや》という店だ。墨や硯を扱っている」

手習いをやっていると、墨も硯も多く使う。馴染みの店なのだろう。

「それって、久慈屋さんと同業ですね」

はっとしてお美羽は言った。そうだと頷きが返る。

「確かめてみたいことがある。岩代屋が久慈屋を知っているかどうかはわからんが」

山際はそれ以上言わなかったので、お美羽は黙ってついて行った。

林町の南側の通りに面して店を構える岩代屋は、商売柄か、久慈屋とほぼ同じくらいの大きさであった。店先の台に安手の硯が並んでいるところも、奥の棚にもっと立派な品が置いてあるのも、そっくりだ。ただ、奥の棚の硯は久慈屋にあったものほど凝った作りではないように見える。

「ああ、山際様。いつもありがとうございます」

山際が暖簾を割って店に入ると、帳場にいた白髪交じりの細身の男が、すぐに出てきて膝をついた。主人の伝兵衛《でんべえ》だという。

「やあ、どうも。済まんが、今日は買い物ではなくてな」

上がり框に腰を下ろして山際が言った。買い物でないと聞いても、伝兵衛の愛想は変わらない。

「左様で。ではどのようなご用でしょう」

「硯の商いについて、少々ご教示願おうと思ってな」

山際はお美羽を自分が世話になっている大家の娘と紹介し、その関わりで知っておきたいことができたのだ、と告げた。

「そうなんです。友達の縁談のお相手が、硯の商いをなさっているそうで、どんな商いなのか聞けるところがあったらと、山際様にお願いを」

お美羽が調子を合わせて言うと、伝兵衛は特に面倒臭そうな顔もせず、左様ですか、それはおめでたいお話で、と応じた。

「この商いはなかなかに手堅いものでして。誰しもお使いになるもので、流行り廃りにはあまり関わりがなく、大きく儲かることもございませんが、全く売れなくなるということもございません」

商いの妙味という点では、乏しく見えるかもしれないが、なかなかに奥は深い、と伝兵衛は言う。

「無論、硯にも良い品悪い品がございますので、それなりの目利きは必要です。ですが産地の方と深く繋がりを持っておけば、まずまず安心ですな」

硯には和硯《わけん》と唐硯があり、和物では陸中の雄勝硯《おがつ》、土佐硯、長門《ながと》の赤間《あかま》硯などが有名だという。受け答えの様子からすると、その辺までは山際も知っているようだ。

「あとは常陸の小久慈硯、紀州の那智黒《なちぐろ》などもございます」

「唐硯では、やはり端渓硯か」

「さすがによくご存じで。他に、より古くからある澄泥硯《ちょうでいけん》や歙州硯《きゅうじゅうけん》などもございますが、やはり質も量も端渓硯が一番かと」

「値はどれほどになるかな」

お美羽は久慈屋からの帰り、山際が五両くらいするものもある、と言っていたのを思い出した。ここで改めて確かめるのか。

「物にもよりますが……普段使いのものであれば、高くても一分もしませんが、凝った彫りの施された唐代のものなどになりますと、五両から十両でしょうか。墨をするためのものではなく、飾って眺めて楽しむものですな」

「そういうものは、どれほど売れる」

「それは」

伝兵衛はやや苦笑気味に答えた。

「特に硯を好む好事家《こうずか》の方々がお求めになるだけですから、ごく限られております。正直申しまして、売れれば相当な儲けにはなりますが、さして旨味はございませんん」

「そうか。さほど割のいい商いにはならぬか」

呟くように言うと、山際は急に話を変えた。

「伝兵衛殿は、神田松永町の久慈屋をご存じかな」

「は？　久慈屋さんですか。はい、さほどのお付き合いはございませんが、同業でございますから存じてはおります」

「商いの具合はどんなものか、聞いておられるか」

この問いに、伝兵衛は僅かに眉をひそめた。

「さて、他所のお店の具合となりますと……」

同業の店について、勝手な噂を流したくはないらしい。この伝兵衛、かなり生真面目なお人のようだ。逆に言うと、伝兵衛の話は信用できそうだ。

「いや、久慈屋の商いが順調なようなら、それで良い」

そこで伝兵衛は少し考え、お美羽の顔を見た。

「もしや、先ほどの縁談のお話は、久慈屋さんに関わることでしょうか」

お美羽は言葉に詰まりかけた。久慈屋に年頃の倅がいるかどうか、確かめてはいなかった。

「ええ、まあ、何と申しますか」

曖昧に笑ってみせると、伝兵衛は「左様でございましたか」と口元を緩めた。

「確か久慈屋さんの若旦那さんは、そういうお年頃でしたな。今は他所のお店で商いの修業をなすっているとか」

伝兵衛は再び、それはおめでたいお話です、と丁寧に言った。お美羽は冷や汗が出そうになった。口から出まかせだったのに、たまたまうまく当たってくれたようだ。

「そういうことでしたら、手前が耳にいたしております話ですが」

伝兵衛は内緒話をするように顔を近付けた。

「久慈屋さんは一時、先ほどお話に出ました唐硯の高価なものを、買い集めておられたようで」

「ほう、そうなのか」

山際は眉を上げて見せたが、満足そうな表情が浮かんだところをみると、見当を付けていたらしい。

「それで、いい商いになったのかな」

「さて、それは……先ほど申しましたように、なかなか大売れするものではございませんので」

伝兵衛は言葉を濁したが、言わんとすることはわかった。

「そのように難しい品を、久慈屋はどうして多く扱ったのであろうか」

「さてそれは……」

伝兵衛は躊躇いを見せたが、確かなことではないと念を押した上で、考えを話してくれた。

「奢侈の禁令につきましては、もとよりご承知かと思いますが」

うむ、と山際もお美羽も頷く。以前巻き込まれた事件でも、その禁令が大きく関わっていたのだ。

「あれで、豪奢な呉服や唐南蛮の逸品、金細工などは手元に置き難くなりましたが、骨董などは目利きでなければ一目で値がわかるものでもなく、奢侈として取り締まるのはなかなかに難しゅうございます」

伝兵衛は言葉を切って山際を見た。それで山際も察したようだ。そうかと膝を打った。

「硯も、その流れか」

はい、と伝兵衛が頷いた。

「硯は書画骨董より、さらに地味な品でございますから」

「きらびやかな衣装や細工物の代わりに、風流を気取って財をひけらかす輩《やから》が、高価な硯を買い求めるのでは、と睨んだわけか」

山際は得心したように口にした。一方、お美羽は首を傾げた。

「高価な硯というと、凝った飾りを彫り込んだものですよね。でも、こう申してはなんですが、その良さがわかる方がそれほど多くいるのでしょうか」

その通り、と伝兵衛が微笑む。

「それゆえ、大売れはしないのです。何しろ、硯は大抵は黒一色。赤や茶もありますが、幾つもの色が重なって、というような派手さとは無縁です。いくら高価なものと言っても、見た目が地味過ぎるのです」

書画骨董と違って、皆が感心してくれるほど世間に知られていないのでは、財力を自慢する役には立ちにくい、というわけだ。相場があまり動かない品では、買いだめして値上がりを狙うこともままならない。余程本気で硯が好きなら別だが、そういう人は確かに多くはあるまい。

「それに、もともと硯の味わいに惹かれてお集めになる数奇の方々は、ご贔屓の老舗をお持ちです。新しいお店が入り込もうとしても、なかなか」

「久慈屋は、そこを読み違えたのだな」

お美羽は、高価そうな唐硯が久慈屋の棚で埃を被っていたのを思い出した。何年も前に仕入れたまま、売れずに残っているのだろう。

「唐からそういう硯を仕入れるには、相当な元手がかかっていますよね」

奢侈の禁令をかいくぐる金持ちを相手にする気だったのなら、五面とか十面などという数ではあるまい。久慈屋光之助に山っ気があるなら、何百両も注ぎ込んだかもしれない。

「そうだろうとは思いますが、そこは何とも」

伝兵衛も、久慈屋の懐具合には直に触れる気はないようだ。それでも、少し間を置いてから声を低めて言った。

「ここだけのお話ですが、何年か前に久慈屋さんが危ないという噂が出ました。どうもその、高価な硯を仕入れ過ぎたのではないかと」

やっぱり、とお美羽は思った。

「ですが、すぐに持ち直されました。危ないというのは、ただの噂だったようで」

「どこかから借財をしたのか」

「さすがにそれは存じませんが」

伝兵衛から聞けたのは、そこまでだった。だが、これで充分だ。山際もそう思ったらしく、礼を述べて立ち上がった。お美羽も、縁談の話を蒸し返されてボロが出ないうちにと、急いで店を出た。

通りに出て、岩代屋から充分離れたところで、山際が口を開いた。

「さてお美羽さん、どう思ったかな」

「はい。だいぶ見えてきたような気がします」

そうだな、と山際も言った。お美羽と同じ考えを、頭の中で組み上げているらしい。

「いつから硯のことをお考えに」

「久慈屋に行った後で、少々気になってはいたのだが。昨日、克善の周りを探ると聞いて、それならば確かめておこうと思い立ってな。どうやらうまく当たったようだ」

「克善さんの周りで一番縁の近い人は、娘さんを除けば婿の光之助さんですものね。さすがです、山際さん」

「そのように持ち上げられると困るが」

山際が照れ笑いのようなものを浮かべた。

「しかし、この後どうするかだ。今の考えを青木さんに話してもいいが、吟味方まで得心させるには証しがどうしても必要だ。今はまだ、それがない」

「でも、時がありません。今日中に何とかしないと」

「どうする。久慈屋に直にぶつかって、話を聞くか」

「それで本当のことを話すとも思えませんし」

お美羽はしばし考え込んだが、地道に調べる暇がない以上、やれることは一つだ。

「いっそ、罠《わな》を仕掛けますか」

「罠、だって」

さすがに山際は目を丸くした。

「どんな罠を」

「ちょっと考えがあります。頭の中でまとめていますから、お待ちを」

「今日中で、段取りは間に合うのか」

「何とかするしかないでしょう」

そう言われては、山際も返す言葉がないようだった。


二ツ目之橋まで来たところで、通りを南の方から歩いて来る菊造を見つけた。今頃起き出して酒でも買いに出たのだろうか。でもちょうど良かった。お美羽は大声で菊造を呼んだ。

「ええっ、何だお美羽さんと山際の旦那か。二人連れでどうしたんだい」

「あんたこそ、万太郎さんが大変だってぇのに何やってんのよ」

「い、いや、考えたんだが俺にできることは何もなくて、仕方なくやけ酒でもと……」

この馬鹿、と叫びたくなるのを抑え、お美羽は胸ぐらを摑む勢いで言った。

「今すぐ、柳島に行って。恒太さんが、あの辺を探ってるはず。何があろうと見つけて、日の高いうちに入舟長屋に連れて来て。わかった？」

「あ？　ああ、わかったけど、何をしようってんだい」

「話してる暇はない。とにかく急いで頂戴」

菊造は、鳩が豆鉄砲を食ったような顔をしていたが、やがておずおずと言いかけた。

「あの、駄賃というか店賃……」

お美羽はブチ切れそうになった。仲間が危ういというのに、何を言ってるんだ。

「蹴っ飛ばされてーのか！　さっさと行け、突っ走れーッ」

怒鳴り上げると、菊造は飛び上がって脱兎の如く駆け出した。やれやれ、と溜息をついて見回すと、山際ばかりか、通りがかりの人たちも足を止め、びっくりした顔でお美羽を見つめている。やっちまったか、とお美羽は真っ赤になって俯いた。

十二

入舟長屋に帰るという山際に一つ頼み事をして、お美羽は寿々屋に向かった。山際から罠について再三聞かれたが、お美羽の考えていることは、まずは寿々屋に了承してもらわなければ成り立たない話なのだ。山際には後で詳しくとだけ言い、お美羽は寿々屋に着くまでの間、懸命に頭を働かせた。

寿々屋の暖簾をくぐると、壮助がお美羽に気付いてぱっと顔を輝かせた。

「お美羽さん、いらっしゃい。今日はまた、あのことで、ですか」

柳島の件で何かあったなら、自分も働きますよとばかりに壮助が聞いた。お美羽はそれを抑えるようにして、宇吉郎と番頭の宇兵衛に至急会いたいと告げた。自分はお呼びでない様子に、壮助はちょっとがっかりした表情を浮かべたが、すぐ奥に取り次いでくれた。

奥座敷に通ると、宇吉郎と宇兵衛が座って待っていた。宇吉郎はお美羽を見て、目を細める。

「お美羽さん、お急ぎのようですね。例のことについて何かありましたか」

「はい。入舟長屋の万太郎さんが、その件に関わる殺しの疑いでお縄になったこと、御承知でしょうか」

ああ、と宇吉郎と宇兵衛は顔を曇らせた。

「無論、聞いております。大変なことですな。しかし、欽兵衛さんやあなたから普段聞いていた限りでは、万太郎さんに限らず、入舟長屋にはそのような大それたことをなさるお人はいないと思っていましたが」

「おっしゃる通りです。万太郎さんがやったはずはありません」

お美羽は大急ぎで、これまでにあったことを話した。宇吉郎も宇兵衛も、目を瞬いている。

「ほう、短い間でそこまでお調べに。やはり見込んだ通り、あなたにはそちらの才があるのですな」

宇吉郎は、感心したようにしきりに頷いている。

「しかし、明日にはもう小伝馬町へとは、困りましたな。もはや如何《いかん》ともし難いのでは」

それまで口を挟まずに聞いていた宇兵衛が言った。顔に憂いが表れている。

「それでも、まだ打てる手があります。何とか最後までやってみるつもりです」

ほう、と宇吉郎が眉を上げる。

「まだ諦めてはいないのですね。それでこそあなたです」

声に皮肉は交じっていない。宇吉郎は、お美羽の本気を信じてくれているのだ。

「元はと言えば、私が買った家の因縁にまつわること。私にできることがあるなら、何なりとおっしゃってください」

この言葉を待っていた。お美羽は、ありがとうございます、と手をつくと、宇兵衛の方を向いた。

「宇兵衛さん、お怪我の方は大丈夫ですか」

「ああ、はい。もう腕の方は、気を付けて動かしても良いと。まだこんなものは巻いていますが」

宇兵衛は袖をまくって、巻いたさらしを見せた。吊ってはいないので、だいぶ回復したようだ。

「ではその……私と御同道いただけないでしょうか」

は？　と宇兵衛は驚いた顔になった。

「どこへ参るのです」

お美羽は背筋を伸ばして座り直し、ここへ来るまでに考えていた段取りを話した。たっぷり四半刻はかかり、聞き終えた宇吉郎と宇兵衛は、しばし唖然としていた。

「本当にそんなことをやるおつもりですか」

「万太郎さんの命がかかっているのです。やるしかない、と思っています」

お美羽は揺るぎない目付きでじっと宇吉郎を見た。宇吉郎は珍しくも、ほんの少し気圧《けお》されたような気配を見せた。それから二、三度瞬きすると、いきなり大きく笑い出した。

「はっはっは。いや、恐れ入りました。大した度胸でいらっしゃる」

宇吉郎は楽しそうに手を叩いた。

「お見事な企みです。よろしい、手を貸しましょう」

宇吉郎は宇兵衛を見て、異存ないなと確かめた。宇兵衛はさっと頭を下げた。

「承知いたしました」

宇吉郎に返事をしてから、宇兵衛はお美羽の方に向き直って言った。

「普段の商いよりは、面白そうですな」

堅物でいつも仏頂面の宇兵衛にも茶目っ気があったのを、お美羽はこのとき初めて知った。

お美羽は宇兵衛と一緒に、寿々屋を出た。行き先は神田松永町の久慈屋だ。道々、お美羽は宇兵衛にやってもらうことについて何度も繰り返した。宇兵衛は相変わらずの仏頂面で聞いていたが、文句は一切言わなかった。

久慈屋に着き、寿々屋から来たと名乗ると、光之助がすぐに出てきた。

「これは寿々屋の番頭さん。それにお美羽さんも。さあ、どうぞどうぞ」

光之助は意外な人物の来訪に驚いた様子で、二人を奥に通した。

「それで本日は、どんなご用で」

さすがに硯を買いに来たとは思わなかったようで、座敷で対座すると光之助はまず尋ねた。愛想はいいが、訝しんでいるのが見て取れる。

「はい、久慈屋さんから買い取りましたあの柳島の家なのですが」

「ああ、やはりそのことで」

「いろいろありましたが、やはり売ることにいたしました。買い取ってさほど月日も経たぬうちのことなので、一応、こちら様にもご挨拶をと」

「それはそれは、ご丁寧に恐れ入ります」

光之助は、驚いた様子もなく応じた。寧《むし》ろ、安堵したようにも見える。

「もう既に寿々屋さんにお譲りした家なのですから、それをお売りになるも建て直されるも、寿々屋さん次第でよろしゅうございましたのに」

いえいえ、そうもまいりませんと宇兵衛は如才なく答える。

「手前主人から、久慈屋さんには隠居所にすると言ってお譲りいただいたのに、申し訳ないのでよくよくご説明するよう申しつかっておりまして」

「さすがは寿々屋さん、お気遣い痛み入ります」

手前は一向に差し支えございませんので、ご主人に何卒よろしくお伝えを、と光之助は丁重に頭を下げた。それから顔を上げ、お美羽に、改めて確かめる風に言った。

「確かお二方から、買いたいとお申し出があったのでしたな」

「はい、駒屋さんと赤城屋さんですね」

「お売りになるお相手は、そのどちらなのか伺ってもよろしゅうございますか」

売るのは寿々屋さん次第、と言いながら、やはり気になるようだ。

「いえ、どちらでもないのです」

お美羽が答えると、そこで光之助の顔に動揺が走った。

「どちらでもない？　新しい買い手の方が現れたとおっしゃるので」

「左様でございます」

宇兵衛が言った。

「駒屋さんと赤城屋さん、どちらにお売りしたものか迷っておりましたところ、つい先日、別のお方がこのお二方よりも高い値で是非買いたいと申し出られまして。それで主人が考えました末、お売りすることにいたしたのです。駒屋さんと赤城屋さんには、済まないことをいたしましたが」

「あの、それはどういうお方なのか、お聞きしてもよろしゅうございますか」

光之助の顔に、焦りのようなものが表れた。宇兵衛は鷹揚《おうよう》に答える。

「武州上尾《あげお》から出てこられた方で、佐野屋《さのや》恒助《こうすけ》さんと言われます。まだお若い方で、これから江戸で商いを広げて行くのだとおっしゃいまして」

「そ、そうですか。お若い方」

ここでお美羽が口を出す。

「まだお歳は二十一、二ですが、大層しっかりなさっていまして。きっと江戸でも名を成されるに違いありません」

言いながら、惚れてしまったとでも見えるように、恥ずかし気に俯いてやる。

「柳島の家も、ご自分ではなくお母上のお住まいとしてお考えのようで。本当に親孝行なお方です」

「それで手前どもも信用できる方と思いまして、家を売ることに決めましたのです。今はお一人で、手前どもの小梅の寮にご逗留で」

宇兵衛が言い添えたが、光之助は半分上の空のようで、「武州上尾から……母御を伴われて……」とぶつぶつ呟いていた。

四半刻ほど話して、お美羽と宇兵衛は久慈屋を辞した。見送りに出た光之助は愛想笑いを顔に貼り付けていたが、お美羽たちを迎えたときに比べると、ひどくぎこちないものに見えた。

二、三町進んでから、お美羽は宇兵衛に話しかけた。
「宇兵衛さん、お見事でした。付け焼刃だったのに、堂に入っていましたね」

言うべき勘所はお美羽が念を押していたのだが、宇兵衛の口から出た台詞はまったく淀みなく、急遽《きゆうきよ》打ち合わせた嘘八百とはとても思えなかった。あれなら光之助も、すっかり信じたに違いない。

宇兵衛はお美羽の言葉に、口元だけで笑った。

「まあ、大店の番頭と言いますのは、どんなことでもこなせないと務まりませんからな」

謙遜なのだろうが、お美羽は素直に受け止めた。

「とにかくこれで、一幕目は思惑通りに運びました。ありがとうございます」

宇兵衛は、いやなに、と手を振る。それから急に、ぼそりと言った。

「丹後屋の克善さんというお方も、そんな風だったんでしょうな」

お美羽は、はっとした。永年丹後屋を支え、財産隠しにまで心を砕いた克善に、宇兵衛は共感するところがあったのだろうか。覗き込んでみると、宇兵衛の表情はいつもの仏頂面に戻っていた。

入舟長屋に戻ると、欽兵衛が待ち構えていた。

「ああお美羽、山際さんのところで恒太さんがお前を待ってるよ。いったい何事なんだね」

「うん、万太郎さんのことで相談があるのよ。それで大急ぎで来てもらったの」

「万太郎の？　けどもう昼過ぎだよ。今からできることがあるのかね」

欽兵衛は、いよいよ万太郎の獄門は決まったものと、青ざめた顔をしている。そんな欽兵衛に罠を用意しているなんて話をすると、心労で倒れてしまいそうなので、黙っておくことにした。

「山際さんの話じゃ、寿々屋さんに行ってたそうだけど、それも万太郎のことに関わるのかい」

「ええ、ちょっと相談を。とにかく最後までできることはやってみる」

どんな相談を、と聞く欽兵衛には取り合わず、お美羽は山際の家に行った。

「あ、お美羽さん。急ぎの用だって菊造さんに引っ張ってこられたんだが、何事だい」

恒太は香奈江とお手玉で遊んでいたようだ。香奈江はお美羽を見て、目を輝かせた。

「お美羽さん、恒太さんて、お手玉上手なの」

「そう、良かったわねえ」

お美羽は香奈江と千江に微笑んでから、山際に目配せした。山際は頷き、香奈江に外で遊んでおいで、と言った。香奈江は恒太を残念そうに見たが、察した千江に促され、一緒に出て行った。

「菊造さんは、家に帰ったぜ。呼ぶかい」

恒太がまず言った。菊造は柳島まで走って行き来したので、疲れ果ててのびているそうだ。後で酒ぐらい、差し入れてやるか。

「いえ、もう菊造さんの出番はないわ。お願いしたいのは、恒太さんなの」

お美羽は恒太と山際に、仕掛ける罠について詳しく話した。山際が唸り、恒太は目を剝く。

「それ、寿々屋さんは承知なのかい」

「ええ。さっき寿々屋の宇兵衛さんと、一幕目の仕掛けをやってきたところよ」

「たまげたな。あっという間にそこまでやっちまうとは」

恒太は目玉をぐるぐる回した。

「けどよ、俺は宇兵衛さんみたいに芝居は上手くできねえぜ」

「大丈夫。恒太さんの台詞はないから。ただそれらしい格好で歩いてくればいいのよ」

歩くだけなんだな、と恒太は頷く。が、頼んだもののお美羽には躊躇いがあった。

「あの……こっちから言い出しておいてなんだけど、危ないことにならないとは限らなくって、その……」

何だいそりゃ、と恒太は笑った。

「危ないったって、相手もどうせ素人だろ。やくざを五十人相手にしろってんじゃねえんだ。任せときな。何せ人の命がかかってるんだからな」

恒太は肩をそびやかした。怖いなどとは微塵も思っていないようだ。お美羽はまた胸が熱くなり、それを隠すように山際の腕を取った。

「この山際さんがついててくれるから。この人は、免許皆伝並みの凄腕なのよ」

血を見るのが嫌いな山際は、剣の道を極めることは成らなかったが、その腕前にお美羽は何度も助けられていた。

「まあ、あまり買い被らないでほしいが」

山際はこめかみを掻きながら、恒太を見る。

「お前に刃《やいば》がとどかないようにすることは、できると思ってくれ」

「おう、それだけ言ってもらえりゃ安心だ」

なまじ天下無敵って顔されるより、余程頼りになりそうだ、などと恒太は軽口を叩いた。

「じゃあ、本当にいいわね」

お美羽が改めて聞くと、恒太は「おう」と胸を叩いた。

「よし。この後、寿々屋さんの寮に行って。着物は用意してくれてる。日が暮れたら、段取りの通りに動いて」

わかった、と二人が頷くと、お美羽は立ち上がった。

「私は、喜十郎親分を引っ張り出す」

恒太がちょっと心配顔になった。

「すんなり出張ってくれるかな」

「首に縄を付けてでも、来てもらうわ」

お美羽は腕まくりして、勢いよく長屋を出て行った。


やはりと言うか、喜十郎はいい顔をしなかった。

「まだ諦めてねえのか。ま、あんたらしいと言やあ、それまでだがな」

煙管《キセル》をふかしながら、渋面でお美羽を睨む。

「罠を仕掛けるなんて、素人の嫁入り前の娘がすることかよ」

「だからこうして、親分にお願いしてるんじゃないですか」

「だいたい、相手がこっちの思惑通り動くかどうかもわかんねえだろうが。今晩一度しか機会はねえんだぞ。乗ってこなかったら、どうするつもりだ」

そんなことは言われずともわかっている。だが、他に打つ手がないのだ。

「一か八かかもしれませんけど、賭けるしかないんです」

実際には、そこまで分が悪いとは思っていなかった。相手は万太郎が明日、小伝馬町送りになることを知らない。知っていれば辛抱して待つだろうが、向こうだって焦っているはずだ。できるだけ早く動こうとするに違いない。

「もし図に当たれば、親分の大手柄になるんですよ」

お美羽は喜十郎を見据えるようにして迫った。しばらく睨み合う格好になる。内心では、どうしても動いてくれなかったらどうしよう、と不安になり始めていた。何かもっと、喜十郎をその気にさせる言葉はないものか。

だが喜十郎は、思ったほど粘らずに折れた。

「空振りになったら、埋め合わせしろよ」

それだけ言うと、喜十郎は大声で手下を呼んだ。お美羽はほうっと一息ついた。

十三

小梅の寿々屋の寮は、大川べりにある水戸様の御屋敷とその東の常泉寺から、さらに東へ十二、三町入ったところにあった。大川の土手は桜の名所として知られ、入舟長屋の一同もこの春、そこで花見を催している。

常泉寺辺りから寿々屋の寮の方へ至る道は、細い水路に沿って緩やかに曲がりながら続いており、昼間は草木の緑と田畑の畝が目を和ませるが、日が暮れるとろくに灯火もなく、寂しい田舎道になってしまう。秋の虫の音は風流だが、闇を裂く鴉《からす》の鳴き声となると、総毛立つ思いをすることもある。

お美羽は山際にぴったり張り付き、ずっと前で揺れている提灯の、線香花火の残り火のような灯りを追っていた。山際にくっつくのは面はゆくて、つい顔が熱くなってしまうが、淡い月明かりの中、離れ離れになってしまうと大変なので、仕方がない。

「お美羽さん、見えているか」

山際が囁いた。お美羽は小さく「はい」と答える。

常泉寺を過ぎた辺りで、その影に気付いた。前を行く提灯とお美羽たちのちょうど真ん中辺りで、同じ方向に歩いている。朧《おぼろ》な影だけで、背格好も男か女かも、はっきりしない。だが、これが目当ての相手なら、まさしく絶妙な間合いで現れてくれたことになる。

「こっちには、気付いていませんよね」

お美羽が言うと、山際も「らしいな」と応じた。

「寮までは、あと十町ほどか」

「ええ」

「なら、少し近付いておこう」

二人はできるだけ音を立てないようにして、足を速めた。先にある影が、少しずつ大きくなる。常泉寺は既にだいぶ後ろになり、人家の灯《ひ》は一つも見えなかった。もう夜四ツ(午後十時)に近く、近在のお百姓たちはとうに寝入っているはずだ。

ふいに、前の影が大きく動いた。途端に山際が走り出す。お美羽は取り残される格好になったが、敢えて追わなかった。今自分が行っても、邪魔になるだけだ。

影が重なった、と思ったとき、提灯が大きく揺れ、地面に落ちて燃え上がった。同時に、あッという叫び声が上がった。さらに何かがぶつかる音。再び叫び声。ずっと前の方からと、お美羽の後ろから駆けてくる足音。間もなく、誰かがお美羽を追い越して行った。

影が幾つか、団子のように合わさった。同時に、大声が響き渡った。

「この野郎、神妙にしやがれッ」

喜十郎の声だ。お美羽はほっとして、影が固まっている場所に駆け寄った。

その場では、少なくとも五人以上が固まっていた。落ちた提灯の火は既に消え、誰がいるのか見えない。「おい、灯りだ」と喜十郎が呼ばわるのが聞こえた。火打ち石の音がして、ぱっと明るくなった。用意のいいことに、喜十郎は手下に龕灯《がんどう》を持たせていたのだ。山際に押さえ込まれている誰かの顔に、龕灯が当てられた。

「てめえ、久慈屋光之助だな。もう言い逃れできねえぞ。覚悟しろ」

喜十郎が十手を突きつけると、光之助は歯を食いしばって顔を背けた。

光之助は両腕を山際と喜十郎の下っ引き、甚八《じんぱち》に摑まれ、寿々屋の寮へと引き摺られていった。龕灯を持った喜十郎が意気揚々と先導し、お美羽はその後ろからついて行った。もう一人いた下っ引きの寛次《かんじ》は、喜十郎に言われて青木のもとへ走っている。

光之助を誘う囮の役を務めた恒太は、危ない目に遭ったというのにお美羽の横で胸を張っていた。お美羽たちがそうじゃないかと一時は思ったくらいだから、丹後屋の若旦那のふりをすれば久慈屋は信じるのではないか、と考えたのだが、うまくいったようだ。

「恒太さん、怪我はないの」

気遣ってお美羽が問うと、恒太は何でもないと笑った。

「あの野郎が後ろから迫ってきたのは、気配でわかったよ。こっちもそのつもりで、待ち構えてたからな。ぶつかってきたのは躱《かわ》したが、提灯の灯りで匕首《あいくち》を持ってるのが見えたときは、ちょいとびくっとしたぜ。けど瞬きする間に山際の旦那が匕首を叩き落として、あっという間に野郎を組み伏せちまった。あのお人が相当な腕だってぇのは、お美羽さんの言う通りだったぜ」

「本当にご免なさいね。こんなことさせちゃって」

お美羽が謝ると、何言ってるんだと恒太は手を振った。

「こっちとしちゃ、有難ぇくらいだぜ。自分が見聞きしたそのまま、読売を作れるんだからな」

確かに、読売屋が直に捕物の真っ只中にいる、などという都合のいい話は、滅多にないだろう。それでもお美羽は、恒太が自分を心配させまいと言っているのがわかって、嬉しかった。

間もなく、一行は寮に入った。そこでは、宇吉郎の命を受けた壮助が、用意を整えて待っていた。お美羽たちは、壮助に促されるまま、奥の座敷に入った。光之助は縄を掛けられ、真ん中に座らされた。その正面に、喜十郎がどっかと胡坐をかく。

「喜十郎親分、ご機嫌だな。お美羽さんに引っ張り出されるときは文句たらたらだったってぇのに、今は敵の大将の首実検をする侍大将って趣じゃねえか」

後ろから恒太がお美羽に耳打ちした。お美羽は思わず、くすっと笑う。それから改めて恒太を見た。髷を整え、羽織姿になった恒太は、そのまま大店の若旦那で通りそうだ。いつもと違う男っぷりに、またお美羽の胸が高鳴った。

「やい久慈屋。てめえ、そこにいる恒太を丹後屋の忘れ形見と思って、始末しようとしただろう。すっかり吐いちまえ」

喜十郎は、光之助を睨みつけて言った。有無を言わせない、という声音だが、光之助は簡単に恐れ入らない。

「とんでもない。私は、柳島の家を寿々屋さんから買ったお方が寮にお泊まりと聞き、ご挨拶をと思って来ましただけです」

「挨拶だと？　今何刻だと思ってるんだ。こんな夜更けに挨拶に来る奴がいるもんか」

ふざけるなとばかりに喜十郎が迫る。だが光之助は、なおも言いつのった。

「夕刻、こちらをお訪ねしましたら、花川戸《はなかわど》で宴席にお出かけと聞きまして。それで花川戸に参ったのですが、お会いできず、寮へ取って返して、明日に改めてご挨拶に伺うと言い置くつもりだったのですが、たまたまそれらしいお方をお見かけし、追いすがっただけで」

「何でわざわざ寮へ行き直す。花川戸で会えなかったら、そのまま店に帰って、朝になってから出直すのが当たり前だろうが」

「それはそうですが、花川戸からですと店よりこちらの方が近く……泊まりの当てもありましたので」

ああ言えばこう言うだ。喜十郎も苛立ってきたらしく、十手で畳を叩いている。

「おいおい、あんたは後ろから俺にぶつかってきたじゃねえか。あれが挨拶って格好かい。俺を匕首で刺して、横の川に放り込もうって算段だったんだろうが」

恒太も腹が立ったのか、口を挟んだ。だが光之助は、これにも言い訳する。

「暗くてよく見えず、駆け寄ったつもりがぶつかってしまいました。申し訳ありません」

「よく言うぜ。あんたは挨拶に匕首を持ち歩くのかい」

「あ、あれは護身用で。この辺りは真っ暗ですから、遅くなったときの用心に」

　何だと、と恒太が嚙みつこうとするのをお美羽が止めた。喜十郎の脇に座って、ぐいっと光之助を睨む。光之助はたじろいだように目を逸らした。

「久慈屋さん、変な言い訳はもうお止しなさいな。あなた、花川戸からずっと恒太さんを尾《つ》けてたでしょう」

　光之助が僅かに眉を上げた。お美羽は畳みかける。

「私とこちらの山際さんは、それを承知でずっとあなたの後を尾けてたんですよ。あなたはいつでも恒太さんに追い付いて声をかけられたのに、十間ちょっとの距離を保ちながら、ずうっとついてってたじゃないですか。真っ暗で人目がなく、襲いやすいところに差しかかるのを待ってたんでしょう」

　半分は、本当ではなかった。光之助が寮に現れたら恒太は花川戸に行ったと告げるよう壮助に頼み、花川戸で待ち構えていたのだが、人が多くて光之助を見分けられなかった。光之助らしい人影に気付いたのは、常泉寺まで来て人通りがなくなってからだ。だが、今言った通りで間違いないと踏んでいた。

光之助は、この話を信じたらしい。言い返す言葉を探しているようだ。そこへ山際が言った。

「久慈屋さん、あんたは護身用に匕首を持っていたと言ったが、恒太に向かって匕首を抜いたのを、私ははっきり見ている。違うとは言わせんぞ」

「ちょ、ちょっと待って下さい！」

光之助が慌てたように叫んだ。

「百歩譲って皆さんにそう見えたとして、どうして私がこの人を殺さなくてはならないんです。私が前に持っていた家を寿々屋さんからお買いになる、というだけで」

やはりそれを言うか。答えは、満を持して用意してあった。

「それはねえ。克善さんが柳島の家で預かっていた丹後屋さんの隠し財産を、あんたが丸ごと横領しちまったからですよ」

光之助は一瞬、不意打ちを食らったように黙った。が、すぐに言い返してきた。

「いったい何のお話です。隠し財産て、あの家にあると読売が勝手に書いたお宝のことですか。お役人がお調べになって、そんなものないとはっきりしたでしょう」

「そう、そんなものはない。当たり前です。とうの昔に、あんたが使ったんだもの」

「私が使い込んだ？」

「違うとは言わせない。あの家に財産が隠されたのが確かだと知っている人がいるとしたら、今はもうお内儀と若旦那だけのはず。その若旦那らしい人が、敢えてあの家を買った。そのつもりで家を調べられたら、何もかも露見するかもしれない。お宝を掘り出した跡はわからなくなっていても、克善さんは証しを何か残してあったかもしれない。あんたには気付けなくても、若旦那にはそれがわかるかもしれない。疑心暗鬼になったあんたは、家が若旦那の手に渡る前に始末してしまおう、と考えたんです」

光之助は、呆れたような顔をする。

「隠し財産とやらが本当にあそこにあったと、言い張るおつもりですか」

「ええ、もちろん」

お美羽は嘲笑を浮かべた。

「あんた、駒屋さんと赤城屋さんが、もと丹後屋の手代だったことに気付いたんでしょう。そのお二人が柳島の家を買おうとしていると知って、すぐに調べたんじゃありませんか」

光之助は答えなかったが、目の動きからその通りだと知れた。よし、とお美羽は胸の内で頷く。

「とすれば、あんたには二人の狙いがすぐわかったでしょう。家が寿々屋さんに売られたと聞き、隠し財産を取り戻すため家を買い取ろうと動いたんだ、とね。そこであんたは、先手を打とうとした。あの家にお宝があるという話を、八助と言いましたっけ、その人を使って真泉堂に吹き込み、読売に書かせて騒ぎを起こしたんです。駒屋さんと赤城屋さんは面喰らったでしょう。おかげで動きにくくなった。隠し財産のことが御上に知られたら、自分たちまでお咎めを受けかねないんですから。あんたは噂に尾鰭を付けて流し、騒ぎを煽ってお役人が調べに入るところまで持って行きましたね」

「何だって」

そこまでは聞いていなかった喜十郎が、驚いて言った。

「どうしてそんなことをするんだ」

「さっき本人が言ったじゃないですか。駒屋さんと赤城屋さんの動きを封じた上、柳島の家に隠し財産なんかないことを、公にはっきりさせるためです」

「けど、そいつはこの久慈屋が使い込んじまったんだろ」

「ええ。でも、初めからなかったのか、途中でなくなったのかまではわからない。まあ普通なら、あれは根も葉もない噂で、お宝なんか初めからなかったと思うでしょう。現にほとんどの人はそう思ったわけで、お宝騒動はすぐに収まりました」

「駒屋も赤城屋も、同じように考えたってことかい」

「聞いてみないとわかりませんが、半信半疑だったんじゃないでしょうか。そこで久慈屋さんとしては、駄目押しが必要だったわけです」

お美羽は喜十郎から光之助に、再び目を移した。

「あんた五日前に私に、丹後屋さんが闕所になったすぐ後、義助さんが荷車で柳島の家から何か運び出していたのを見た、と言いましたよね。あれ、真っ赤な嘘でしょう」

光之助が目を剝く。

「どうして嘘などと……」

「嘘に決まってるでしょう。克善さんとすれば、柳島からどこかへ財産を移す必要もないし、新しい隠し場所の当てがあったとも思えません。丹後屋さんの闕所を聞いて、丸ごと横領しようとしたなら別ですが、克善さんの評判を聞く限り、そんなことをする人とは思えない。それはあんたも認めるでしょう」

皮肉っぽく言ってやると、光之助は顔を顰めた。

「自分が使い込んだのを、克善におっ被せたか。克善も義助も死んじまってるから死人に口なし、お宝はどこかへ運ばれたまま行方知れずになった。そういう筋書きだな」

喜十郎が、そううまくはいかねえぜ、とばかりにほくそ笑んだ。

「二人が亡くなっても、おせいさんがいますよね」

お美羽は、おせいの名を敢えて強く言った。ようやく本題だ。お美羽は握った拳に力を込めた。

「おせいさんは、あんたが荷の運び出しを見たって夜、義助さんが空の荷車を牽《ひ》いて出て、次の晩まで帰ってこなかった、と八丁堀の青木様に話しました。でも義助さんがお宝を運んだという話が嘘なら、おせいさんの話も嘘、ということになります。あんた、事前におせいさんを抱き込んで、口裏合わせを頼んでいたんですね」

光之助の顔が、次第に強張ってきた。

「そんな証しが、どこにある」

「そう、証しはない。おせいさんは、殺されてしまったから」

ここでお美羽は光之助の目を覗き込むようにした。光之助は目を合わせない。

「強請られたな」

いきなり喜十郎が言った。光之助の肩がびくりと動いた。

「調べたところ、おせいは相当したたかだ。お前の言いなりになるようなタマじゃねえ。素直に口裏合わせを引き受けておいて、後から強請ってきたんだろう。違うか」

光之助の顔が引きつる。

「強請られたなんて……」

「おい、とぼけるんじゃねえぞ」

恒太がぐっと前に出た。

「お前、強請られた揚句おせいと揉めて、絞め殺したんだろう。で、しばらくその場で途方に暮れてたんだな。このままじゃお縄になる。そうしたら、何もかも終わりだ。ところがそこへ、万太郎がのこのこやって来た。隠れて見ていると、おせいの家に入ろうかどうしようかと様子を窺ってる。身代わりに使うにゃ、丁度いい相手だ。それでこっそり裏から家を出て万太郎の後ろに回り、一発殴って気絶させた。後は万太郎を家へ引きずり込み、それらしく見える細工をして逃げた。そういうことだろ」

「ま、待て！　殺しなんか」

光之助が目の色を変え、縛られたまま飛び上がった。

「それこそ勝手な思い込みだ。証しはどこにあるんだ、証しは」

勢いよく畳みかけた恒太だったが、言い返されて言葉に詰まった。お美羽も同様だ。菊造が聞き込んだ怪しい男について、光之助に間違いないと断じるほどの根拠はないのである。だが、意外なことに喜十郎が薄笑いを浮かべた。

「証しかい。お前さんは、そんなものねえと思ってるようだな」

光之助ばかりかお美羽も、えっと思って喜十郎を見つめた。

「お前さん、材木町のおせいの家に、少なくとも三度は行ってるだろう。長屋の連中に、見られてるぜ」

光之助の目が見開かれた。その顔を見て、喜十郎はニヤリと笑う。

「おせいは男出入りが結構あったからな。長屋のかみさんたちは、いちいちそれを見て噂の種にしてたのさ。おせいが死ぬ前、最後に出入りした男についちゃ、よく覚えてたよ」

「そ、そんな……それが私だとでも言うんですか」

光之助は必死に反駁《はんばく》したが、明らかに声が震えていた。

「かみさんたちが言うには、そいつの風体はお前さんによく似てる。しかも三度目に来たのは、おせいが殺された晩だ」

光之助の顔は、もう真っ青になっていた。

「ついでに言うと、三度のうち最初に来たときは、まだ日のあるうちだったそうだ。そのときは口裏合わせを持ちかけに来ただけだろうから、まだ近所の連中に顔を見られない用心はしてなかったんだろう。違うかい？」

「か……顔を覚えられてると……」

「ああ、そうだ。はっきりとな。番屋で面通しすりゃ、全部片付くってわけだ。どうだい」

喜十郎は光之助に顔を近付け、十手で肩を叩いた。光之助の肩が、がっくりと落ちた。

「あの女……五十両って言いやがった……そんな金、あるわけない。そう言ったのに、びた一文まからないと……とんでもない性悪だった……」

「そんなのに関わっちまったのが、運の尽きってわけだ」

ふいに光之助が、吠えるような叫び声を上げた。お美羽は驚いて身を引いたが、光之助はそのまま突っ伏し、泣き始めた。一気に全てが崩れ去った、という風だ。

お美羽は喜十郎の袖を引いた。

「親分、材木町へ調べに行ってたんですか」

ああ、と喜十郎が鷹揚に頷く。

「あんたと菊造が怪しい奴を見つけたって聞いてから、どうも気になってな。長屋の連中を順に当たったら、確かな話だとわかった。で、あんたにこの罠の話を聞いて、こいつはいけるかもしれねえと踏んだのさ」

それで喜十郎は、思ったより早くお美羽の話に乗ったのか。

「でも久慈屋さんの顔を覚えていた人がいるとは、びっくりです。さすがは親分ですね」

「さて、それはどうかな」

喜十郎は小声で言った。

「え、それじゃ今のは、はったり……」

喜十郎は黙れと目で示した。お美羽は溜息をつく。

「人が悪いですよ」

「人が好くて岡っ引きが務まるかよ」

喜十郎はまた、ニヤリと不敵に笑った。お美羽はやれやれと肩を竦め、伏したまま体を震わせている光之助に近付いた。山際が止めようと手を出しかけたが、思い止《とど》まったか手を引っ込めた。

「久慈屋さん。あんた、商いにしくじった穴埋めに、克善さんが預かった丹後屋さんの財産を使ったんですね」

光之助は、呻くような声を出した。

「それは、隠し場所を知って盗んだんですか」

盗んだ、と聞いた途端、光之助はぱっと顔を上げた。

「違う！　盗んだわけじゃない」

「じゃあ、騙し取った？」

「騙してもいない！」

光之助はお美羽に、喚くように言った。それから、はっとしたように口をつぐみ、少し間を置いてぼそぼそと話し始めた。

「仕入れた唐硯が見込み違いで捌ききれなくなったとき、私は三百両の借金を抱えてた。にっちもさっちもいかなくなり、克善さんに正直に話して、なんとかならないかと頼み込んだんだ。そうしたら、しばらく考えさせてくれと言って……」

「そういうことね。克善さんは隠し財産の中から三百両出して、あんたに渡した」

光之助は、唇を噛んで頷いた。そこで恒太が言った。

「聞き込んだ話じゃ、克善さんはあんたと一緒になった娘さんを、目の中に入れても痛くないほど可愛がってたそうだ。その大事な娘の婿が、何もかも失いかけてる。

このままじゃ、娘も路頭に迷う。そう思った克善さんは、やむにやまれず預かった財産に手を付けたんだな」

光之助は黙ったまま、もう一度頷いた。ちっ、と恒太が吐き捨てる。

「てめえ、娘可愛さの克善さんにつけ込んで、その後も金の無心を続けたんだろ。克善さんも、一度橋を渡っちまった以上、もう引き返せねえ。あれよあれよという間に、財産はなくなっちまった。そうなんだな」

光之助は、絞り出すように「そうだ」と答えた。お美羽は、ふん、と鼻を鳴らした。

「思った通りね。自分の女房をダシにして舅から金をむしるなんて、商売人の風上にも置けないわ」

光之助は目を上げ、お美羽を見た。が、何も言い返せないまま、また目を伏せた。

「横領を誤魔化そうといろんな細工をした揚句、強請られるとはね。商いにしても悪だくみにしても、あんたは見通しが甘すぎるのよ。小細工すればするほど、綻びも出易くなるってのが、わかんないの？　終いには、殺しの罪をたまたま居合わせた万太郎さんになすりつけた。それも、その場の思い付きで。そんなふざけた話が、あるもんですか」

お美羽は一気にまくし立てると、光之助の顔の前に仁王立ちになって見下ろした。

「うちの店子に手ぇ出す奴は、ただじゃおかないんだから」

お美羽は捨て台詞を吐くと、ぷいっと背を向けた。光之助はただ、呆然としている。


青木は一刻近く経って到着した。顔つきがずいぶんと厳しくなってるのは、役宅で寝入りばなを叩き起こされたせいばかりではないだろう。

「お美羽、またお前か」

お美羽に気付いた青木は、じろりと睨みつけてきた。これは、おとなしくしていた方が良さそうだ。お美羽は深々と腰を折った。

「まったく罠などと、要らぬことをしおって……少しはわきまえろ」

「は、はい。申し訳ございません」

詫びながらも、お美羽はむっとした。出過ぎた真似と言われればそれまでだが、こっちも必死だったのだ。そんな言い方しなくても。

青木は憤然としたままお美羽から目を離し、光之助の前に膝をついた。

「久慈屋光之助。浅草材木町の住人、おせいを殺したのはお前か。それに相違ないか」

十手で喉を突かんばかりにして詰問する。既に観念している光之助は、「恐れ入りましてございます」と畳に額をこすりつけた。

「おのれ、御上の手を煩わして柳島に隠し財産がないことを見せつけようとは、まったくもって不届き至極。全てにわたり厳しく詮議いたす故、左様心得よ」

ははあっ、と光之助が苦しい声を出す。そこで喜十郎が、お美羽の袖を引いて小声で言った。

「わかったろ。旦那は柳島の家の調べで、久慈屋にまんまと利用されちまったのを物凄く怒っていなさるのさ」

ああ、そういうことか。面子を潰された格好の青木が怒るのは、もっともだ。でも、私への八つ当たりはやめてほしいわね。

青木は立ち上がって「行くぞ」十手を振ると、足音も荒く座敷を出て行った。お美羽には、もう見向きもしない。縄をかけた光之助を引き摺るようにして、喜十郎と手下たちが後に続いた。

嵐が去ってから、恒太が言った。

「ふう。これで万太郎さんは帰って来られるかね」

「青木様なら、大丈夫よ」

何事にも公正をもってする青木なら、無実とわかった万太郎を長く留め置くことはあるまい。早ければ明日にも帰されるだろう。

「帰って来たら、早速話を聞きてえんだが」

「なんだ、もう読売屋に戻ったか」

山際が苦笑するように言った。もちろんでさあ、と恒太が応じる。

「久慈屋の野郎に手を貸した格好の真泉堂は、御定法《ごじょうほう》じゃせいぜいお叱りを受ける程度でしょう。ちっとは痛い目に遭わせてやらねえと」

恒太の言う通り、真泉堂はただ提供されたネタを読売にしただけ、と言い逃れできる。隠し財産のことを知っていたなら別だが、さすがにそれはないだろう。恒太は真泉堂の読売が出鱈目だったことをあげつらい、結果として横領の片棒を担いだと責め立てるつもりだ。

「恒太さんの読売が出るの、待ってますよ」

お美羽が微笑むと、おう、期待しててくれと恒太は肩をそびやかした。お美羽は、また胸が高鳴るのを感じた。

十四

万太郎が入舟長屋に戻ったのは、翌々日のことだった。光之助の自白と万太郎の証言を突き合わせるなどのお調べがあったため、少し暇がかかったようだ。

「万太郎さん、本当に良かったわねえ」

喜十郎に伴われてお美羽の家に入った万太郎は、げっそりやつれていたものの、顔つきは晴れ晴れとしていた。

「いやあ、親分から全部聞きやした。お美羽さんにすっかり世話になっちまって。本当にありがとうございやす」

常のぐうたらぶりとは違い、万太郎は膝を揃え両手をついて、きちんと礼を述べた。いつもこうなら、もう少しちゃんとした仕事ができそうなのに、とお美羽は内心で苦笑する。

「本当に災難だったねえ。今日明日は家でゆっくりしなさい。店賃のことも……」

欽兵衛はそこまで言いかけ、お美羽にきっと睨まれて言葉を呑み込んだ。

「……す、少しは待ってあげてもいいが、これからは真面目に働くんだよ」

咳払いしながら言うと、万太郎は神妙に「へい、そうしやす」とまた頭を下げた。

三日経ったら忘れてる、なんてことがないようにね、とお美羽は思う。

「それにしても、後ろからぶん殴られるまで全然気が付かなかったの」

問うてみると、万太郎は困ったように頭を掻いた。

「いや、それがその……あのとき、どう話をしようかと考え込んじまって、そうっと家の中を窺ったんですが」

万太郎は、へへへと恥ずかしそうに笑った。

「家の中に行灯が灯ってまして、その灯りで、女の脚が見えたんですよ。着物がめくれてて、白い腿がはっきりと。それでつい、見入っちまって」

「何ですって」

お美羽は呆れて物が言えなかった。そのときおせいはもう死んでいたというのに。

「いやその……面目ねえ話で」

馬鹿野郎が、と喜十郎が万太郎の頭をはたいた。

「出歯亀の隙を衝かれるなんて、まったく何やってやがんだ」

欽兵衛も、やれやれと首を振っている。

「とにかくもう、世話かけんじゃねぞ」

喜十郎は最後にもう一度、万太郎に叱るように言うと、後で青木の旦那も寄るから、と告げて帰った。それを見計らったように、長屋のみんながどっと押しかけてきた。

「まったくもう、心配かけやがって」

栄吉が心底安堵したように言う。菊造は自分のせいも多少ある、と思ってか、「と、とにかく良かったぜ」と遠慮がちに言った。おかみさんたちが皆で手を叩き、万太郎の目が珍しく、潤んだ。

昼を過ぎて、青木が訪れた。欽兵衛は早速丁重に礼を述べる。

「このたびは、うちの長屋の万太郎がご厄介をおかけしまして。幸いお解き放ちになり、誠にありがとうございました」

「ああ、礼はいい。ほとんどこのお美羽の手柄のようなもんだからな」

青木は顎でお美羽を示し、口元を緩めた。先日の不機嫌は収まったようで、お美羽はほっとする。

「青木さんも、間違った者を獄門台に送らなくて、良かったな」

同席した山際が揶揄を交えたように言うと、青木は鼻を鳴らした。

「素人の棒手振り風情が余計なことに首を突っ込むからだ。お美羽、お前が煽ったんだろう」

「いいえ、煽ったなんて、そんな」

慌てて打ち消したが、今の言葉は胸に応えた。青木の言う通り、菊造と万太郎が言い出したことはいえ、お美羽が調べに引き込まなければ、こんな災難にはならなかったのだ。これからは充分に気を付けよう。

「久慈屋は、全部吐いたのか」

山際が聞くと、青木は「うむ」と頷いた。

「全部吐いた。こっちが思った通り、ほぼ間違いねえ」

正しく言うと、私たちが思った通り、なんですけどね、とお美羽は胸の内で言う。

「それと、真泉堂にお宝の話を吹き込んだ八助って奴も、捕まえた。やっぱり、久慈屋に雇われてやがったよ。あっさり吐いたぜ」

「それは良うございました。真泉堂も嵌められたわけで、いい気味ですね」

そっちの始末は、雁屋の恒太がつけてくれるだろう。青木は、嘲笑のようなものを浮かべてから話を変えた。

「だが、これで終わりじゃねえぞ。丹後屋の隠し財産のことだ」

青木の表情が厳しくなる。

「御上の目を盗んで、闕所を免れようとしやがったんだ。こいつは捨て置けねえ」

それはそうだ、とお美羽も思った。奉行所が出し抜かれていたわけで、このままでは面目が立たないだろう。

「結局、幾らだったんだ。その隠し財産は」

「久慈屋が言うには、二千両だ」

それを全部使い込むとは、久慈屋は相当放漫な商いをしていたらしい。その金に頼る癖がついてしまったのか。

「しかしそれを隠した主人や番頭は死罪になっているし、手を貸した克善さんも亡くなってる。今さらどうしようと言うんだ」

「内儀と倅がいるだろう」

「ああ、それはそうだが、そのことを知っていたという証しはあるまい」

「知ってたんだよ」

青木が断じたので、お美羽はちょっと驚いた。

「久慈屋が吐いた。克善が死んで、あの家を片付けてるとき、内儀から来た文《ふみ》を見つけたそうだ。克善は、内儀が江戸を離れてから何度か、やり取りしていたらしい」

「その文に、隠し財産のことが書かれてあったんですか」

「そうだ。さすがに財産を使っちまったことは伝えられなかったようだがな。それで久慈屋は、克善が家に財産を隠していることを内儀と倅も知っているとわかったんだ。だからこそ倅に化けた恒太を恐れて、あんな短慮なことをしやがった。こっちとしちゃ、助かったわけだが」

青木はそこまで言ってから、お美羽を睨んだ。

「お前だって、久慈屋がどこまで倅を恐れるか、確証はなかっただろ。あんな罠、ほとんど博打じゃねえか。蓋を開けてみりゃうまく運んだからいいようなものの」

「お、恐れ入ります」

お美羽は赤くなって畳に手をついた。改めて青木に言われてみると、よくあんな手に久慈屋が引っ掛かってくれたものだと背中から汗が出る。せめてもう二、三日でも時があれば、裏付けを取ってから動けたのだが。

「ところで、お内儀と若旦那の居場所はわかっているんですか」

お美羽が聞くと、青木の顔がちょっと渋くなった。

「内儀の親族が武州熊谷《くまがや》にいるらしい。上の方を通じて八州廻りと代官所に調べを頼んでいるが、だいぶ暇がかかりそうだ」

おそらく御老中を通じて、だろうが、町奉行所が頼んだとしても、勘定奉行支配の八州廻りや代官所もそれぞれの仕事を抱えているわけで、どれだけ熱を入れて動いてくれるかは、疑わしい。ただ待つしかないと承知で、青木も苛立っているのだろう。有耶無耶《うやむや》になってしまうことだって、充分あり得るのだ。

「駒屋と赤城屋は、どうなるんだ」

山際の問いに、青木はまた渋い顔を見せた。

「どうもならん」

「何もないのか」

山際が首を傾げた。

「何もない、とは言わん。あいつらも隠し財産を狙ってたんだろう。だが奴らのやったことは何だ？　ただ家を買おうとしただけだ。丹後屋の一件についちゃ、手代以下は知らなかったこととしてお咎めなしになってる。今さら蒸し返せるか」

「ふむ。隠し財産はもうなかったのだから、あの二人が何をしようとしていたかを問うても始まらない、というわけか」

その通りだ、と青木は腹立たし気に言う。

「番屋に呼び出してだいぶ絞ってやったが、そこまでだ」

「実際に悪事を働いたのではない以上、仕方あるまいな」

青木は唸り声のようなものを漏らした。

「ところで青木さん、柳島の家には本当にお宝を隠した痕跡は何も見つからなかったのか」

青木は、今さら何を、という目で山際を見た。

「見つかるものか。床下に埋めてたらしいが、何年も前に全部掘り出して埋め戻しちまってるんだ。それを知った上でよっぽど細かくほじくり返しゃ、土の色の具合とか何か違いがあったかもしれねえが、普通に調べたんじゃまずわからねえ。久慈屋もそれを承知してたからこそ、俺たちを動かしたんだ」

「そうか。まあ、そうだろうな」

肩を竦める山際に舌打ちしてから、青木はお美羽に言った。

「とにかく、だ。二度と荒っぽい真似はするんじゃねえぞ。危なっかしくて仕方がねえ」

「す、済みません。時がなかったもので」

またこの場で雷を落とされるかと、お美羽は身を縮めたが、青木は「ふん」と鼻を鳴らしただけだった。思えば、誤って万太郎をお縄にしたのは青木なのだ。その負い目を感じているのかもしれない。

「それにしても、平気でこんなことをやる娘に見合った相手を探すのは、一筋縄ではいかんな」

青木は本気とも冗談ともつかぬ言い方をした。山際がくすっと笑い、欽兵衛は恐縮したように背を丸めた。

次の日、雁屋の読売が出た。お美羽はいの一番に買い求め、早速中身に目を通した。

「見て見て、お父っつぁん。久慈屋の光之助が克善さんのところにあったお金を使い込んで、それを誤魔化そうといろいろ企んだ挙句、おせいさんに強請られて殺してしまった、とわかり易く書いてあるわよ」

「ほう。万太郎のことは書いてあるのかね」

「名前は出てないけど、来合わせた男に罪をなすり付けようとした、とは書いてある。名前が出ない方が、万太郎さんにとっては騒がれなくていいでしょう」

「そりゃあそうだ。恒太さんがその辺を考えてくれたのかね」

そうに違いない、とお美羽は思う。気配りもできる人なのだ。

「その代わり、真泉堂についてはボロクソよ。久慈屋に騙されてお宝騒ぎを作り出した、ってね。青木様が真泉堂をこっぴどく叱りつけた、って話だから、信用はがた落ちでしょう」

期待した通りだ。お美羽は溜飲が下がる思いだった。これで真泉堂はしばらく、読売を出すことはできまい。

「でも、丹後屋のことには一切触れてないわね」

「そりゃあ、青木様のご意向じゃないかね。丹後屋が財産を隠したのを奉行所が見落とした、とは触れてほしくないだろう」

それは欽兵衛の言う通りに違いない。雁屋としても、奉行所の面子を潰すわけにはいくまい。お美羽は読売をつまんでひらひらさせ、これ持って寿々屋さんに行ってくるわね、と言い置いて出かけた。


寿々屋宇吉郎は、上機嫌でお美羽を迎えた。罠を手伝った番頭の宇兵衛も、出てきて脇に座った。

「お美羽さん、いや今度もまた、大層なお働きでしたな」

大層な働き、などと言われるとお尻がむずむずする。世間の評判以上のはねっ返りであることを、自分で証明して見せたようなものなのだ。

「恐れ入ります。宇兵衛さんにも手を貸していただきまして。おかげさまで、上々の運びとなりました」

「なあに、大したことではございませんよ」

いつもの宇兵衛の仏頂面が、少しばかり綻んだ。

「さて、それが雁屋さんの読売ですか。あの恒太さんというお人がお書きになったのですな」

宇吉郎はお美羽から読売を受け取り、「ほう、ほう」と声を上げていちいち頷きながら、読み下した。

「なるほど、御奉行所にとって不都合なところは避け、うまくまとめておられますな。恒太さんというのも、才のある方らしい」

「はい、左様に思います」

何だか自分が褒められたような気になって、お美羽の耳の辺りがちょっと熱くなった。

「それで、柳島の家はどうなさいますか」

「はい、もう買おうというお方もおりませんので、持っておきます。しばらくは人の目が集まりましょうから、時が経ってから手直ししようかと」

それまで、あの家の番はおつねさんにお願いしておきます、と宇吉郎は言った。

どうやらおつねも、仕事を失うことはなさそうだ。

「駒屋さんと赤城屋さんは、お咎めなしで済みそうですか」

宇吉郎が尋ねた。お美羽が青木から話を聞いていると承知なのだろう。

「はい。お叱り程度で終わるようです」

「それは何よりです。真っ当な商いをされている方を、無理に罪人にする必要などありますまい」

宇吉郎は目を細めた。あの二人にいろいろ振り回されたというのに、宇吉郎は寛容だった。

「一つまだわからないことがあるのですが」

宇兵衛がやや唐突に言った。

「あの修験者のようなお人です。私が怪我したのを、不吉なことのように言ってきた」

宇兵衛はまだ治りきっていない腕をさすりながら、お美羽にどう思いますかと聞いた。

「それは、確かにわからないままですね」

お美羽もちょっと首を傾げる。

「菊造さんや万太郎さんにお願いして聞き回ってもらいましたが、この辺りでもどなたも覚えている人はいませんでした。消えてしまった、とでも言うような」

「まさか、煙のように消えたということはありますまいが」

あの人物についての手掛かりは何も得られないままで、お美羽も奥歯に物が挟まったような感じがしていた。

「前にも考えたのですが、誰も修験者を見ていないとすると、ここを出てすぐに物陰で着替え、普通の町人姿で去ったとしか。ただ、そうだとしても駒屋さんや赤城屋さんは知らないと言い張っていますし、お役人も敢えて、修験者を追うつもりはないようです」

久慈屋の一件はもう終わった話で、修験者の男がいようがいまいが、御白州に影響はない。そんな奴を、手間暇かけて奉行所が探す理由などありはしない。

「では放っておきましょう。気にするほどのことはございませんよ」

宇吉郎が笑みを浮かべて言った。宇兵衛も、旦那様がよろしいならと、それ以上言い立てることはなかった。

恒太がお美羽の家にやって来たのは、さらにその翌日だった。手に角樽《つのだる》を提げている。

「まあ恒太さん、いらっしゃい。どうぞ上がって下さいな」

「やあどうも、お邪魔しやす」

今日の恒太は尻っ端折りもせず、銀鼠《ぎんねず》に小紋入りの着物をきちんと着こなし、いい男っぷりである。やっぱり若旦那みたいね、とお美羽は微笑んだ。

たまたま将棋にも行かず真面目に書き物をしていた欽兵衛は、机を片付けて恒太を招じ入れ、こほんと咳払いして対座した。あれ、変に緊張しているぞ、とお美羽は可笑《おか》しくなった。

「あー恒太さん、このたびはうちのお美羽がずいぶんとお世話になって」

「とんでもない。世話になったのはこちらです。これは雁屋からの御礼でして」

恒太は角樽を差し出した。欽兵衛は恐縮しながら受け取る。

「読売、見ましたよ。恒太さんは書くのも達者なんですね」

お美羽が褒めると、恒太は赤くなって頭に手をやった。

「いやあ、あれは親方がずいぶんと手を入れてね。出来上がったものは、俺が初めに書いたのとは似ても似つかねぇものになっちまったよ」

まだまだ一人前ってわけにゃあいかねえな、と恒太は笑った。

「それでも今回は大いに働いたんだろう。親方の覚えもめでたいんじゃないかね」

「ええ、特に真泉堂をやっつけられたのが、お気に召したようで。悪くない仕事だったと言われましたよ」

「まあ、褒められたのね。良かったじゃない」

喜んで言うと、お美羽さんのおかげだよ、と恒太は顔を赤くした。

「それで恒太さんは、これからも雁屋で働くのかね」

欽兵衛が聞いた。恒太は「ええ、しばらくは」と答える。

「いずれは商いで店を持とうなんて考えて、読売屋は腰掛けのつもりだったんですが。まあ、何をするにももっと江戸で経験を積まねえと」

そうすればいずれ、やりたい事が見えてくるだろう、と恒太は言った。

「うん、なかなかしっかりした考えじゃないか。うちの菊造や万太郎に、爪の垢でも煎じて飲ませてやりたいよ」

いや、そんな、と手を振ってから、恒太はちょっと恥ずかし気に俯いた。

「親方からはその、これから何をするにしても、雁屋にいる間は暮らしに困らねえだろうから、先に身を固めてみちゃどうだい、なんて言われまして」

口にしてから、そうっとお美羽を窺うように見た。ええっ、とお美羽は慌てた。身を固めるって、もしかして私と、ってこと？　うわあ、どうしよう。心の準備ができてないよ。

「ああ、親方が誰かいい人を妻合《めあわ》せてくれると？」

欽兵衛がそんなことを言った。呆れるほど鈍感だ。

「い、いや、そうじゃなくて、俺の方にそういう人がいたらって話です」

恒太はちらっとお美羽を見て、また目を逸らした。お美羽の胸の鼓動が大きくなる。その様子を見て、さすがに欽兵衛も気が付いた。

「あ、ああ、そういうことかね。ふうむ、なるほど。ええと、それは……」

欽兵衛はどう言ったらいいのかわからない様子で、舌が回っていない。しっかりして、私の一大事なんだから、とお美羽は欽兵衛の背中を心の中で何度も叩いた。

「そのう、恒太さん、例えばだね、婿入りなんて考えは……」

恒太が、びっくりしたように顔を上げる。お父っつぁんたら、どんな順番で話をしてるのよ。お美羽は自分の顔が真っ赤になっているのがわかった。

「あ、いやその、俺は決して嫌じゃありやせんが……」

恒太はもごもご言いながら、またお美羽に目を向けた。思わず目を逸らす。どうしよう。この話、どこまで行っちゃうんだ。そりゃあもちろん、私としては……。

その時である。表口で、大きく呼ばわる声がした。

「ご免なさいよ。ここは入舟長屋の大家さんのお宅ですかい。済まねえが、ちょいと入らせていただきやすぜ」

欽兵衛もお美羽も、びっくりして飛び上がりかけた。いったい誰が何の用なんだ。恒太の顔を見ると、お美羽たち以上に驚いていた。だが、その様子を見てお美羽は、意外に思った。恒太は、誰が来たのか知っているようだ。しかも、ひどくうろたえている。

いきなり戸が開けられ、案内も請わずに二人が入ってきた。襖は開いていたので、風体はよくわかる。一人は三十過ぎくらいの男。もう一人は二十歳くらいの女。明らかに腹が大きい。夫婦なんだろうか。

「だ、誰だいあんたたちは」

欽兵衛が大声を出すと、男の方がさっと頭を下げた。

「いきなり押し掛けて申し訳ございやせん。ただ、こちらに恒太って男が来てるんじゃねえかと……」

言いかけた男は首を廻し、恒太と目が合った。

「あっ恒太、やっぱりいたか。今度こそ、逃がさねえぞ」

男は止める間もなく、恒太の方へ踏み出した。うわあと叫んで、恒太が飛び上がる。

「ちょ、ちょっと待ってくれ。ここじゃあ……」

「何が待ってくれだ。どれだけ捜したと思う。この野郎め」

男の後ろから顔を出した娘が、恒太の顔を見て叫ぶ。

「恒太さん！　やっと見つけた」

恒太の顔が、蒼白になった。

「おみつ、落ち着いてくれ。他人様の家だぞ」

「わかってるよ、このろくでなし！ 絶対に逃がすもんか」

あまりの騒ぎに、お美羽は頭がついていけなかった。

「みんなちょっと待って！ 何がどうなってんのよ、ちゃんと話してッ」

「何がって、こいつは俺の……」

男が腕を振り回して言いかけるのを遮り、お美羽は怒鳴った。

「どいつもこいつも、そこへ座れぇぇ！」

その勢いに負けて、皆が畳に座った。欽兵衛は目をぐるぐる回し、卒倒寸前の有様だった。

「それで、あんたたちと恒太さんは、どういう関わりなんですか」

ようやく少しばかり落ち着いたところで、お美羽が言った。まず口を開いたのは、三十過ぎの男だ。

「あっしは、武州桶川宿で籠細工の職人をやってる、久助《きゅうすけ》といいやす。こっちは、妹のおみつで」

おみつは、おずおずと頭を下げた。いかにも純朴そうな様子だ。

「この恒太とは、幼馴染でして。恒太は近くの、百姓の家の倅なんです」

久助は、じろりと恒太を睨んだ。恒太は俯き気味で目を合わさない。

「家はそこそこの羽振りなんですが、こいつぁ次男でしてね。家を継げねえんで、いつか江戸へ出て一旗揚げようなんて、前からずっと言ってやした」

「はあ。それで今度、江戸へ出てきたのかね」

欽兵衛が、いささか間の抜けた声で言った。恒太が「へい」と小さく答える。

「それで何が……」

問いかける欽兵衛を遮り、久助が恒太を指差した。

「ただ江戸へ出るんならいいが、この野郎、おみつを孕《はら》ませてそのまま逃げやがったんで」

おみつが、大きくなったお腹を両手で抱えるようにして俯いた。お美羽は、天井を仰いだ。

「そ、それじゃあ、おみつさんと恒太さんは、言い交わした仲だったのかね」

欽兵衛が問うと、久助は憤然とした。

「はっきり言い交わしたわけじゃねえが、もともと仲が良かったんで。恒太は野良仕事の合間に桶川宿の旅籠《はたご》の下働きをやってたんだが、おみつもその旅籠で女中をしてたんでさぁ。そうなると、そこは憎からず思ってる男と女だ。周りの目を盗んで、なるようになっちまった」

久助は苦々しそうに、恒太とおみつへ交互に目をやった。

「俺んとこは両親とも死んじまって、今はこのおみつと十一の弟の三人だ。その大事な妹に手ぇ付けたんだ。それでも、知らねえ仲じゃねえんだし、そのまま一緒になるってぇなら、俺だって四の五の言わねえさ。だがこの野郎、おみつが孕んだと知って放り出しやがった。そのままにしておけると思いやすかい」

そこで弟を隣家に預け、伝手を頼って恒太の足取りを追ってきたのだという。

「いやその、放り出したってぇのは……」

恒太は弁解しかけたが、「何をこの野郎」と久助に凄まれ、口をつぐんだ。

「まあまあ、ちょっと」

お美羽はいきり立つ久助を止め、恒太に向き直る。

「恒太さん、今の話の通りなの」

「ああ、いや、捨てたみてぇに言われると、その……けど、そのまま桶川で所帯を持ったんじゃ、もう江戸で大きなことをやる機会はなくなっちまうって、そう思って、まずは江戸へ出ようと思い立ったんだ」

「それはやっぱり、捨てたってことじゃねえか」

久助が嚙みつく。お美羽はそれも抑えて問うた。

「おみつさんのお腹の子は、あんたの子に間違いないのね」

恒太は、うっと身を竦めて頷いた。

「その子を、どうするつもりだったの。父《てて》なし子にする気だったとでも？」

「い、いや、とんでもねえ。江戸でそれなりの身代になったら、きっと」

「引き取るつもりだった？　じゃ、おみつさんは」

「それは、その……」

恒太はもごもごと口を動かしているが、これという言い訳は浮かばないようだ。お美羽の頭に血が上った。恒太は孕んだおみつを捨てた一方で、お美羽を口説こうとしていたのか。江戸で仕事がうまくいって金ができたら、後から手切れ金を送るつもりだったのだろう。そんな都合のいい話があってたまるか。

「恒太さん、それじゃお美羽を……」

どうするつもりだったんだ、と欽兵衛は言いかけたようだが、そんな答えは聞きたくもない。

「お父っつぁん、やめて！」

お美羽が叫ぶと、欽兵衛は驚いて黙った。お美羽は恒太の前に膝を進め、うなだれたままの恒太に言った。

「責任、取りなさいよ」

自分でもわかるほど、声の調子がすごく低くなっている。恒太は寒気でも覚えたような顔で、お美羽を見上げた。

「せ……責任」

「そうよ。おみつさんとこの子、終いまで面倒見なさい。男として、それが当たり前でしょう」

「あ、ああ……」

恒太は言い返すこともできず、ただ呻いている。情けない、とお美羽は目を背けたくなった。こんな男だったとは……。

「久助さん」

お美羽は見放すように恒太から目を逸らして言った。

「へい」

「この人、連れて帰って。煮るなり焼くなり、好きにするといい」

無論でさぁ、承知しやしたと久助は膝を立て、恒太の腕を摑んだ。

「そういう話だ。観念して、桶川に帰れ。いいな」

久助に迫られ、恒太はがっくり肩を落とした。おみつは、安堵したような腹立たしいような顔で、じっと恒太を見ている。

「それじゃあ、どうもえらいご迷惑をおかけしやした」

久助はそう挨拶して、頭を下げた。腕を取られたままの恒太は、ちらりとお美羽に済まなそうな目を向ける。が、お美羽がそっぽを向くと、悄然《しょうぜん》として久助とおみつに挟まれ、通りに出て行った。

静かになってから、欽兵衛はそうっとお美羽に声をかけた。

「あの、お美羽、こう言っちゃなんだが、引っ掛かる前にわかって良かっ……」

「お父っつぁん、しばらく話しかけないで」

お美羽は抑揚のない声で言うと、隣の部屋に入って襖を閉めた。それから思い切り大きな声で、「バカヤローッ」と叫ぶと、畳んだ布団の上にあった枕を、壁に投げつけた。

十五

「まあそれは……大変だったわねえ」

手習いの帰り、回向院前の茶店で腰を下ろしたお美羽は、お千佳とおたみに挟まれて、溜息をついていた。お千佳は、次にどう言ったものか考えているようだ。代わっておたみが言った。

「今度の恒太さんて人、私たちは一ぺんも見てないんだけど、そんなに様子のいい人だったの？」

いささか無神経と思ったか、お千佳が「おいおい」とおたみを睨んだ。

「そうだったのよ。人当たりも良かったし、仕事もできたし、何事にも真面目に取り組んで。すっかり騙されちゃったわ」

　お美羽は、自分が情けないとばかりに言った。

「幼馴染を孕ませて逃げちゃうなんてねえ。それは駄目だわ」

　おたみも怒ったような顔で言う。

「でもその人たち、丁度いいところに来合わせたわね。恒太って人との仲が、それ以上進まなくて良かったじゃない」

「それはまあ、そうなんだけど」

　久助とおみつは、まるで計ったような間合いで現れた。何日か遅かったら、婿入りの話が進んでいたかもしれない。町名主の幸右衛門《こうえもん》さんや寿々屋の旦那さんに話すところまで行っていたら、救いようのない大恥だった。確かに幸いと言うべきかもしれない。

「久助さんてのは、真っ当な人なの」

　お千佳が聞いた。お美羽は、そう思うと答えた。

「恒太さん、悪い連中に引っ掛かったわけじゃないのよ。やっぱり悪いのは恒太さんなのよ」

やっぱりそうなんだねえ、とお千佳は仕方なさそうに呟いた。ただ、とお美羽は言う。

「久助さん、どっかで会ったような気がしたんだけど。気のせいかなあ」

「え？　だって桶川の人なんでしょ。今まで顔を合わせる機会なんてなかったんじゃない」

それはそうだよねえ、とお美羽は首を傾げた。

「恒太さんを捜して聞き回ってる間に、私とすれ違ってるかもしれない。手掛かりは、私の周りにあったはずだから」

そういうことでしょう、とお千佳は言った。

「別に気にすることでもないでしょう。もう会うこともないんだろうし」

「そうね。もしもう一度、江戸で恒太と出会うようなことがあったら、今度こそ張っ倒してやる」

「そうそう、それでこそお美羽さんよ」

恒太が呼び捨てになったので、お千佳もおたみも、吹っ切れたかと安堵したようだ。

「にしても、今度はちょっとこたえたわ。私って、男を見る目がないのかしら」

自分でも惚れっぽいとは思っているが、良さそうな男には何度も出会うのに、どうも最後はうまくいかないのだ。お祓いでもしてもらった方がいいんじゃなかろうか。

「でも、次々にいい人が現れるってのは、やっぱりお美羽さんにそれだけの魅力があるからよ」

お千佳が言った。お世辞かもしれないが、そう言われて悪い気はしない。

「そうかなあ」

そうよ、とおたみも言う。

「だから、またすぐ次がありますって。次こそは、よ」

「で、それが駄目ならまたその次？」

「そう。それだけ何度も恋ができるって、幸せなのかもよ」

私なんか、一ぺんもないんだからね。贅沢なのよ、などとおたみが言った。なるほど、物は考えよう、というわけか。お美羽はほうっと息を吐いた。やはりこの二人と話していると、自然に元気が出てくる。

「そうね。じゃ、次こそは、ってね」

お美羽は二人に笑いかけた。頰を撫でる秋風が、心地よかった。

不忍池《しのばずのいけ》の北側、護国院から先の谷中《やなか》界隈には、多くの寺が集まっている。谷中七福神や天王寺《てんのうじ》の五重塔が有名で、正月の七福神巡りなどは多くの参詣者で賑わうが、普段は静かな地である。寺の数は百を超え、大小の塔頭《たっちゅう》の甍《いらか》がどこまでも重なって見える。

王源寺《おうげんじ》はその中でも割合目立たない、小ぶりで地味な寺であった。墓地は本堂の裏手にあり、表の門構えに比すると、大きいものと言えた。

その隅の一角にある墓に、五人の男女が集まっていた。線香が手向《たむ》けられ、若い男が墓石の前で跪いて手を合わせるのを、他の四人が囲んでいる。若い男は、もうだいぶ長い間瞑目《めいもく》していた。

さっと風が吹き、木の葉をざわめかせた。その気配で男は目を開け、ゆっくりと立ち上がった。

「若旦那……」

後ろに控えた中年の二人が、声をかけた。駒屋進左衛門と、赤城屋昭吉郎だった。

「ああ、全部ご先祖に申し上げたよ。隠した二千両、使い込まれちまったことも、そいつがお縄になったことともな」

「まったくもって、残念です。私らが初めに聞いておれば、見張っておくこともできたでしょうに」

「止しなよ。知ってりゃあんたたちも死罪になったかもしれねえ。親父は克善さんを信頼して任せたんだ。結果、見込みが外れちまったとしても、誰のせいでもねえや」

恒太は殊更《ことさら》に明るく言うと、進左衛門と昭吉郎の肩を叩いた。ここにあるのは丹後屋の累代の墓だ。恒太の父である最後の主人は獄門になったため、弔いも埋葬も許されなかった。それでも恒太たちはここにその霊が宿るものとして、墓参りを続けている。

「克善さんが正直に、これこれこういう事情で財産を借りたとお袋に文で伝えておいてくれりゃ、こんな大騒動にはならなかったのにな」

恒太はそこでちょっと嘆息し、一同が悄然とした。娘への情に負けて主人を裏切る格好になった克善は、それを恥じるあまり事実を告げられなかったのだろう。

文が途絶えてから心配になった恒太は、半年前に江戸に出てきた。克善の様子を確かめたかったのだが、江戸に着いた直後に克善は死んでしまい、何も聞けずじまいだった。婿の光之助が家を引き継いだが、隠し財産についてどれだけ知っているのかわからない。下手に聞くと藪蛇《やぶへび》になるので、恒太は伝手を頼り、嗅ぎ回るのに好都合な読売屋に入ったのだ。が、何も探り出せないうちに家が寿々屋に売られてしまい、策を講じねばならなくなったのである。

「先日は芝居とはいえ、乱暴を働きまして、どうも」

昭吉郎の隣に立っていた久助が言った。

「何を言ってやがる。真に迫ってたじゃねえか。あれぐらいやらねえと、お美羽さんは信じなかったさ」

久助は、「そう言っていただけると」と傍らのおみつを見た。

「女房も、頑張った甲斐がありやす」

おみつは、はにかんだように頭を下げた。その腹は、もう元に戻っている。妹に扮して入舟長屋に行ったときは、着物の下に丸めた布を入れていたのだ。

「あんたには、却って申し訳なかったな」

恒太は労うように言った。「とんでもねえ」と久助が返す。久助は死罪になった番頭の倅で、奉公人の一人だったおみつ共々、出自を隠して暮らしていた。一年前に一緒になり、今は四谷で小さな飯屋を営んでいる。

「あんたの化けた修験者、あれはまだばれてねえようだな」

おかげさまで、と久助は頭を掻く。

「お美羽さんとは寿々屋の前ですれ違ってましたからね。もしや覚えてるんじゃねえかと冷や冷やしましたが、無事に済みましたよ」

「一度すれ違っただけの相手を、そう長くは覚えていられるもんじゃねえ。心配するな」

恒太は安心させるように笑った。

「手前の発案でしたが、あれは正直、余計だったかもしれませんなあ」

昭吉郎が眉間に皺を寄せた。

「寿々屋の宇兵衛さんが怪我したのをたまたま耳にして思い付いたのですが、いい考えではありませんでした。結果として、お美羽さんたちを煽ってしまった格好ですから」

「まあいいじゃねえか。ばれなかったんだから」

恒太は、軽い調子で言った。昭吉郎は恐縮してか、頭を下げた。

「しかし二千両失ったのは、痛いですね。これからどうしましょう」

進左衛門が憂い顔で言った。丹後屋再興のためにと隠してあった資金、それがそっくりなくなったのだ。今後の見通しに、不安を抱かざるを得まい。

「なくなっちまった以上、いくら惜しんでも始まらねえや」

恒太は、気に病むなと進左衛門に笑みを向けた。

「帰っておっ母さんに話したら、がっくりするだろうけどな。けど幸い、熊谷での商いは順調だ。野州《やしゅう》でもっと絹糸の買い付け先を広げられれば、さらに儲けは増える。屋号を変えて江戸で店を立ち上げるのは、そう難しいことじゃねえだろう」

まあ、少しばかり余計に時はかかるだろうがな、と恒太は肩を竦めて見せた。苦労は厭わない、と態度で示したのだ。察した他の四人は、揃って頭《こうべ》を垂れた。

「しかし、お美羽さんには悪いことをしちまったな」

恒太は空を見上げるようにして、言った。お美羽がこの一件に深く関わってきたのは、予想外だった。しかもあれほど頭が切れるとは。少しでも気を抜けば、こちらの思惑が全部知られてしまうのではないかと、びくびくしたものだ。菊造と万太郎についてはさほど心配しなかったので、成果が上がらないとわかっている修験者探しに向かわせるなど、右往左往させておいた。ところがお美羽にはそんな小細工は通用しない。一時は正体がばれたかと冷や汗をかいた。特に危なかったのは、お美羽たちと一緒に昭吉郎の店へ行った時だ。あの場で恒太は問われたことに正直に答えるかどうか、昭吉郎に後ろから合図を送っていたのだ。さらに、光之助から聞いた義助の話を問い質すふりをして昭吉郎に教えた。お美羽たちには、幸い気付かれることはなかった。

だが、お美羽の関心が万太郎を救うことに向けられたおかげで助かった。結局、お美羽のおかげで光之助の悪事が露見することになったのだ。恒太たちとしては、実に有難かった。

その一方、お美羽が恒太に向ける気持ちも察していた。気は強いが美人で思いやりのあるお美羽に、恒太とて惹かれないわけがない。だが恒太は、隠し財産を取り戻そうとしていたことが表沙汰になれば、お縄になってしまう身だった。お美羽を巻き込むわけにはいかない。そう考えた恒太は、最後に一つ、仕掛けをした。互いの思いを断ち切るため、恒太がお美羽の家に行くときに合わせ、久助とおみつに頼んで一芝居打ったのだ。あれでお美羽は、恒太に愛想を尽かしたろう。

「正直、残念だったが」

つい、声に出した。久助が聞きつけ、怪訝な顔をする。

「どうなすったんで」

「ああ、いや、何でもねぇ」

恒太は笑いで誤魔化し、皆を促した。

「さあ、あんまり目立たねえうちに引き上げようぜ」

ここが丹後屋の墓だと知っている者は、他にもいる。住職は見ぬふりをしてくれているが、罪人の縁者が集まっていると知られるのは避けた方がいい。一同は頷いて、順に墓地を出て行った。

最後に残った恒太は、もう一度墓に手を合わせた。そして墓に背を向けると、空を見上げて呟いた。

「お美羽さん、済まねえ」

恒太は心に残った痛みを振り払い、足取り重く歩き出した。その背を、一陣の秋風が撫でていった。

この作品は書き下ろしです。

幻冬舎文庫

●幻冬舎時代小説文庫
吾亦紅《われもこう》
小鳥神社奇譚
篠　綾子

小鳥神社で「虫聞きの会」が開かれるが、宴の最中に医者の泰山が気になることを口にする。江戸で不眠に苦しむ患者が増えているというのだ。流行り病か、それとも怪異か——。シリーズ第六弾。

●幻冬舎時代小説文庫
せきれいの詩《うた》
村木　嵐

浪人となった松平陸ノ介は幼馴染と仲睦まじく暮らしていたが、尾張藩主である長兄・徳川慶勝に請われ家士となる。藩内の粛清を行う陸ノ介。一方、弟の松平容保は朝敵の汚名を被り一路会津へ。

●最新刊
神様が教えてくれた、星と運の真実
桜井識子の星座占い
桜井識子

セドナの神様が教えてくれた「宇宙と運の本当の関係」による占い。文庫版では開運のコツ・相性のよい星座を追加収録。生まれた日と名前で決まる10の星座別にあなただけの運勢がわかる!

●最新刊
神奈川県警「ヲタク」担当　細川春菜4
テディベアの花園
鳴神響一

三浦市で起きた殺人事件の被害者はテディベアのコレクター。春菜は、テディベアに詳しい捜査協力員の知識を借りて被害者が残した謎のメモ、「PB55……TCOA?」を解明しようとするが……。

●最新刊
〈あの絵〉のまえで
原田マハ

「絶対、あきらめないで。待ってるからね。ずっと、ずっと」。美術館で受け取ったのは、亡き祖母からのメッセージ——。傷ついても、再び立ち上がる勇気を得られる、極上の美術小説集。

幻冬舎文庫

●好評既刊
黄金の60代
郷ひろみ

約50年間、芸能シーンのトップを走り続けてきた稀代のスターは、67歳の今が最も充実していると言い、自らを「大器晩成」だと表現する。人生100年時代を、優雅に力強く生きるための58の人生訓。

●好評既刊
つぶやき養生
春夏秋冬、12か月の「体にいいこと」
櫻井大典

「イライラには焼きイチゴ」「胃腸がイマイチな人はお豆腐を」「しんどいときは10分でも早く寝る」など、中医学&漢方の知恵をもとにした、心と体の「なんとなく不調」を改善できる健康本。

●好評既刊
逃亡者
中村文則

不慮の死を遂げた恋人と自分を結ぶトランペットを持ち、逃亡するジャーナリストの山峰。トランペットを追う不穏な者達の狙いは一体何なのか？世界が賞賛する中村文学の到達点！

●好評既刊
二人の嘘
一雫ライオン

美貌の女性判事と、謎多き殺人犯。真逆の人生を歩んできた二人が出会った時、彼らの人生が宿命のように交錯する。恋で終われば、この悲劇は起きなかった。感涙のベストセラー、待望の文庫化！

●好評既刊
もろくて、不確かな、「素の自分」の扱い方
細川貂々

漫画が売れても、映画化されても本名の自分はネガティブ思考のまま。体当たりで聞いた、みんなの意外な姿。そして見つけた自分を大事にするヒント。長く付き合う自分をゆっくり好きになる。

江戸美人捕物帳《えどびじんとりものちょう》

入舟長屋《いりふねながや》のおみわ　紅葉《もみじ》の家《いえ》

山本巧次《やまもとこうじ》

令和4年12月10日　初版発行

発行人――石原正康
編集人――高部真人
発行所――株式会社幻冬舎
〒151-0051東京都渋谷区千駄ヶ谷4-9-7
電話　03(5411)6222(営業)
　　　03(5411)6211(編集)
公式HP　https://www.gentosha.co.jp/
印刷・製本―中央精版印刷株式会社
装丁者――高橋雅之

幻冬舎時代小説文庫

ISBN978-4-344-43255-0　C0193　や-42-7

この本に関するご意見・ご感想は、下記アンケートフォームからお寄せください。
https://www.gentosha.co.jp/e/